NEM VEM

LYDIA DAVIS

Nem vem
Ficções

Tradução
Branca Vianna

Copyright © 2014 by Lydia Davis
Todos os direitos reservados.

Grafia atualizada segundo o Acordo Ortográfico da Língua Portuguesa de 1990, que entrou em vigor no Brasil em 2009.

Título original
Can't and Won't

Capa
Elisa von Randow

Preparação
Márcia Copola

Revisão
Thaís Totino Richter
Angela das Neves

Dados Internacionais de Catalogação na Publicação (CIP)
(Câmara Brasileira do Livro, SP, Brasil)

Davis, Lydia
    Nem vem : ficções / Lydia Davis ; tradução Branca Vianna. — 1ª ed. — São Paulo : Companhia das Letras, 2017.
    Título original: Can't and Won't.
    ISBN 978-85-359-2962-1

    1. Ficção norte-americana I. Título.

17-05717   CDD-813

Índice para catálogo sistemático:
1. Ficção: Literatura norte-americana 813

[2017]
Todos os direitos desta edição reservados à
EDITORA SCHWARCZ S.A.
Rua Bandeira Paulista, 702, cj. 32
04532-002 — São Paulo — SP
Telefone: (11) 3707-3500
www.companhiadasletras.com.br
www.blogdacompanhia.com.br
facebook.com/ companhiadasletras
instagram.com/ companhiadasletras
twitter.com/ ciadasletras

*Para Daniel e Theo
e para Laura e Stephanie*

Sumário

I
A história dos salames roubados, 15
O pelo do cachorro, 16
História circular, 17
Ideia para uma placa, 18
Bloomington, 20
A lição da cozinheira, 21
No banco, 22
Acordada à noite, 23
No banco: 2, 24
Os dois Davis e o tapete, 25
Contingência (vs. necessidade), 30
Breve incidente com oclusiva velar, fricativa velar e bilabial, 31
Contingência (vs. necessidade) 2: de férias, 32
Uma história contada por uma amiga, 33
O mau romance, 35
Depois que você partiu, 36
O guarda-costas, 38

A criança, 39
O pátio da igreja, 40
Minha irmã e a rainha da Inglaterra, 41
Consulta ao dentista, 43
Carta a um fabricante de ervilhas congeladas, 45
O mingau, 47

II
Dois agentes funerários, 51
Pergunto a Mary sobre seu amigo, o depressivo, e as férias dele, 52
A magia do trem, 53
Comendo peixe sozinha, 54
Nem vem, 60
A mulher de Pouchet, 61
Jantar, 62
O cachorro, 63
A avó, 64
As terríveis mucamas, 65
História reversível, 74
Mulher, 30 anos, 76
Como sei do que gosto (seis versões), 77
Händel, 78
Forças subliminares, 80
A geografia dela: Alabama, 82
O enterro, 83
As buscadoras de marido, 84
Na galeria, 85
O sol baixo, 86
O pouso, 87
A linguagem da companhia telefônica, 92
O cocheiro e a lombriga, 93
Carta a um gerente de marketing, 95

III
O último dos moicanos, 99
Tarefa nível dois, 100
Mestre, 101
Situação delicada, 102
Observação sobre a limpeza da casa, 104
A execução, 105
Um bilhete do entregador de jornal, 106
Na estação de trem, 108
A lua, 109
Meus passos, 110
Como leio o mais rápido possível os números atrasados do suplemento literário do *Times*, 111
Anotações durante uma longa conversa telefônica com minha mãe, 115
Homens, 116
Emoções negativas, 117
Estou bem, mas poderia estar um pouquinho melhor, 119
Julgamento, 124
Os bancos da igreja, 125
A criação do meu amigo, 126
O piano, 127
A festa, 128
As vacas, 130
A exposição, 145
Carta a uma fábrica de balas de menta, 147
Sua geografia: Illinois, 150

IV
Ödön von Horváth caminhando, 153
No trem, 154

O problema do aspirador de pó, 155
As focas, 156
Aprendendo história medieval, 182
Meu amigo da escola, 183
A aula de piano, 184
Os alunos no prédio grande, 185
A frase e o jovem, 187
Molly, gata: histórico, resultados, 188
Carta à Fundação, 191
Resultados de um estudo estatístico, 221
Revisar: 1, 222
Conversa breve (no saguão do aeroporto), 224
Revisar: 2, 225
Guarda-volumes, 226
Esperando a decolagem, 229
Indústria, 230
O céu sobre Los Angeles, 231
Dois personagens num parágrafo, 232
Nadando no Egito, 233
A língua falada pelos objetos da casa, 234
As lavadeiras, 240
Carta a um gerente de hotel, 241
O aniversário dela, 246

v
Meu amigo de infância, 249
Coitado do cachorro deles, 250
Olá, querido, 252
Sem interesse, 253
Velha com peixe velho, 256
Hospedado na casa do farmacêutico, 257

A canção, 259
Dois ex-alunos, 260
Historinha sobre uma caixinha de chocolates, 261
A mulher ao meu lado no avião, 265
Escrever, 266
Obrigada errado no teatro, 267
O galo, 268
Sentada com minha amiguinha, 270
O velho soldado, 271
Dois rapazes de Sligo, 273
A mulher de vermelho, 274
Se no casamento (no Jardim Zoológico), 275
A caça-níqueis da Cidade do Ouro, 278
O velho aspirador de pó fica morrendo o tempo todo, 281
Flaubert e o ponto de vista, 282
Compras em família, 284
Obituários locais, 285
Carta ao presidente do Instituto Biográfico Americano Ltda., 294
Lúcia Trindade estará na cidade, 297
Ph.D., 298

Notas e agradecimentos, 299

I

A história dos salames roubados

O italiano dono do edifício no Brooklyn onde meu filho mora tinha um galpão nos fundos de sua loja no qual curava e defumava salames. Uma noite, em meio a uma onda de vandalismo e pequenos furtos no bairro, entraram no galpão e roubaram os salames. Meu filho conversou com seu senhorio sobre o acontecido, lamentando a perda das salsichas. O senhorio estava resignado e estoico, mas o corrigiu: "Não eram salsichas, eram salames". Depois disso, a história foi publicada numa das mais conhecidas revistas da cidade, descrita como um incidente pitoresco e divertido. Na matéria, o repórter chamou a mercadoria roubada de "salsichas". Meu filho mostrou o artigo ao seu senhorio, que não o tinha visto. Ele gostou, e ficou satisfeito de a revista ter achado por bem relatar o incidente, mas acrescentou: "Não eram salsichas. Eram salames".

O pelo do cachorro

O cachorro se foi. Temos saudades dele. Quando toca a campainha, ninguém late. Quando chegamos tarde em casa, não tem ninguém nos esperando. Ainda encontramos seus pelos brancos pela casa e nas nossas roupas. Catamos todos os pelos que encontramos. Deveríamos jogar tudo fora. Mas é só o que nos resta dele. Não jogamos os pelos fora. Temos uma esperança irracional — a de que se conseguirmos juntar bastante pelo, conseguiremos remontar o cachorro pelo a pelo.

História circular

Toda quarta de manhã cedinho tem uma tremenda barulheira na rua. Aquilo sempre me acorda e fico pensando que barulho é esse. E é sempre o caminhão de lixo recolhendo o lixo. O caminhão chega toda quarta muito cedo. E sempre me acorda. E sempre fico pensando que barulho é esse.

Ideia para uma placa

No começo de uma viagem de trem, as pessoas buscam um bom lugar para sentar e algumas dão uma espiadela nos passageiros que estão por perto e já escolheram seus assentos, para ver se dariam bons vizinhos.

Seria interessante se cada um de nós usasse uma plaquinha explicando as maneiras como poderíamos vir a incomodar ou não os outros, como, por exemplo: Não falarei no celular; não comerei comida malcheirosa.

A minha diria: Nunca falo no celular, exceto por uma breve conversa com meu marido no início da viagem de volta, resumindo minha visita à cidade, ou, mais raramente, um rápido aviso a uma amiga sobre meu atraso; teria um alerta de que deixo a cadeira deitada no máximo da regulagem durante todo o trajeto, menos quando estiver almoçando ou lanchando, ou em outros momentos, quando quiser ajustá-la um pouco para cima ou para baixo; tenho o hábito de comer no trem, com frequência um sanduíche, às vezes uma salada ou um copinho de arroz-doce, na verdade dois copinhos de arroz-doce, ainda que pequenos; o sanduíche, em geral de queijo suíço, com pouquíssimo queijo, só uma fatia, alface e tomate, não tem um cheiro muito forte, pelo menos que eu tenha notado; sou muito metódica com a salada, mas comer salada com garfo de plástico é embaraçoso e difícil; sou muito metódica também com o arroz-doce, dando colheradas pequenas e cuidadosas, apesar de que quando tiro a tampa do copinho às vezes faz um barulho muito alto de coisa se rasgando, mas isso passa rápido; posso também destampar minha garrafa várias vezes para beber água, especialmente enquanto estiver comendo o sanduíche e por mais ou menos uma hora depois; às vezes sou mais irrequieta que os outros passageiros e costumo limpar as mãos com álcool em gel, por vezes usando creme hidratante logo depois, o que implica abrir a bolsa, tirar dali um estojo de maquiagem, abrir o zíper e, por fim, ao acabar de usar os itens descritos acima, fechar o zíper do estojo de maquiagem e guardá-lo de novo na bolsa — faço isso algumas vezes por viagem; entretanto, pode acontecer também de ficar completamente imóvel por alguns minutos ou até mais, olhando pela janela; às vezes fico sentada lendo um mesmo livro a viagem inteira, com exceção de uma andada pelo corredor para ir ao banheiro e depois voltar ao meu assento; no entanto, em outros dias, deito o livro de tempos em tempos, tiro um caderninho da bolsa, removo o elástico que o prende, e tomo nota de algo; ou, ao ler um número antigo de uma revista literária, arranco uma página da revista para guardar, mas isso eu só faço quando o trem está parado numa estação; finalmente, depois de um dia inteiro na cidade, desfaço os laços dos sapatos por uma parte da viagem, sobretudo se não forem sapatos muito confortáveis, e coloco os pés descalços em cima dos sapatos, não direto no chão, ou então, mais raramente, tiro os sapatos e calço chinelos, se tiver trazido um par de chinelos, ficando assim até chegar a meu destino; mas meus pés são bem limpos e minhas unhas, bem-feitas e pintadas com um esmalte vermelho escuro muito bonito.

Bloomington

Agora que já estou aqui há um tempinho, posso dizer com certeza que nunca estive aqui antes.

A lição da cozinheira

história a partir de Flaubert

Hoje aprendi uma grande lição; nossa cozinheira foi a professora. Ela tem vinte e cinco anos e é francesa. Descobri, ao lhe fazer uma pergunta, que ela *não sabia* que Louis-Philippe não é mais rei da França e que somos agora uma república. E já se vão cinco anos que ele deixou o trono. Ela disse que o fato de ele não mais ser rei não lhe interessa nem um pouco — estas foram as suas palavras.

E eu que me considero um homem inteligente! Porém, comparado a ela sou um imbecil.

No banco

Pego minha coleção de moedas de um centavo e levo ao banco, onde jogo tudo numa máquina que fará a contagem. A caixa do banco me pede para adivinhar quanto valem minhas moedas. Digo $3,00, mas erro na conta. Dá $4,24. Como errei por menos de $1,99, tenho direito a um brinde. As pessoas em torno me dão parabéns com sinceridade. Posso escolher entre vários brindes. Quando recuso o primeiro e o segundo, e pareço prestes a recusar o terceiro, a caixa, já ansiosa, abre um cofre e me mostra toda a seleção, que inclui um cofrinho em forma de porco, um conjunto de livro de colorir e caixa de lápis de cor, e uma bolinha de borracha. Finalmente, para não decepcioná-la, escolho o que me parece o melhor de todos, um lindo frisbee com estojo próprio, também em forma de frisbee.

sonho

Acordada à noite

Não consigo dormir, neste quarto de hotel, nesta cidade desconhecida. Está muito tarde, duas da manhã, depois três, quatro. Estou deitada no escuro. Por quê? Talvez esteja sentindo falta dele, do homem ao lado de quem durmo. Aí ouço uma porta bater. Outro hóspede acaba de chegar, já bem tarde. Agora entendo. Basta ir para o quarto do outro hóspede e entrar na cama com ele, e então conseguirei dormir.

sonho

No banco: 2

Mais uma vez, vou ao banco com meu saco cheio de moedas de um centavo. De novo, chuto que o total será $3,00. A máquina conta as moedas. Dá $4,92. Novamente, a caixa decide que eu estava quente o bastante para ganhar o brinde. Desta vez estou animada para ver a seleção, mas só há um brinde — uma fita métrica. Fico decepcionada, mas aceito. Agora, pelo menos, consigo ver que a caixa é mulher. Da outra vez, tinha ficado na dúvida. Hoje, no entanto, vejo que ela continua careca, contudo seus movimentos me parecem mais graciosos e ela sorri de maneira mais gentil, sua voz está mais leve, e ela usa no peito uma plaquinha onde se lê "Janet".

sonho

Os dois Davis e o tapete

Os dois tinham o sobrenome Davis, mas não eram casados nem parentes. Eram vizinhos. Eram também indecisos, ou melhor, podiam ser bastante determinados quando se tratava de coisas importantes, trabalho, por exemplo. Eram, porém, muito indecisos quando se tratava de coisas menores, e mudavam de ideia de um dia para outro, um monte de vezes, tomando uma decisão definitiva em favor de uma coisa num dia e outra decisão definitiva contra essa mesma coisa no dia seguinte.

Não conheciam esse detalhe da personalidade um do outro até ela decidir vender o tapete.

Era um tapete de lã com estampa colorida em vermelho, branco e preto, com um desenho arrojado em forma de diamantes e listras negras. Tinha sido comprado numa loja de artigos ameríndios perto da cidade onde ela morava antes, mas agora ela havia descoberto que não fora, na verdade, feito por índios. Estava cansada de vê-lo onde ficava na casa, no chão do quarto de seu filho ausente, porque estava sujo e enrugado nos cantos, e resolveu vendê-lo num bazar organizado para angariar fundos para uma boa causa. Porém, quando o tapete foi um dos itens mais admirados do bazar, o que a surpreendeu, ela ficou na dúvida, e quando o preço de dez dólares que ela havia escolhido foi aumentado por um avaliador para cinquenta, ela mudou de ideia e ficou torcendo para ninguém comprar. À medida que o dia foi passando, ela não baixou o preço do tapete, como fizeram os outros vendedores com os preços de seus produtos, e apesar de todos continuarem a admirar o tapete, ninguém o comprou.

O outro Davis chegou cedo ao bazar e logo gostou do tapete. Hesitou, no entanto, porque a estampa era muito arrojada e as cores um branco, um vermelho e um preto tão intensos que ele ficou na dúvida se ficaria bem na sua casa, apesar de ela estar mobiliada de um modo clean e moderno. Ele confessou sua admiração à dona do tapete, assim como sua dúvida, e saiu sem comprar. Durante o dia, no entanto, enquanto mais ninguém o comprava e ela mantinha o preço da manhã, ele pensava no tapete, e mais tarde voltou com o objetivo de examiná-lo novamente, se ainda estivesse à venda, e decidir então se o compraria. Mas o bazar já terminara e todas as mercadorias tinham sido vendidas, doadas, ou levadas de volta por seus donos. A grama em frente à paróquia, onde acontecera o bazar, estava mais uma vez livre, um veludo verde nas sombras do fim da tarde.

O outro Davis ficou surpreso e decepcionado, e um ou dois dias depois, quando esbarrou com esta Davis no correio, explicou que tinha mudado de ideia e perguntou se o tapete fora vendido. Ao receber a resposta negativa, perguntou se poderia experimentá-lo em sua casa para ver se combinava.

Esta Davis ficou imediatamente constrangida, porque no meio-tempo tinha resolvido ficar com o tapete, lavá-lo e experimentá-lo em vários lugares da casa para ver onde ficaria melhor. Mas agora, com o outro Davis mostrando tanto interesse, já não estava certa se faria isso. Afinal, estivera decidida a vendê-lo, e por apenas dez dólares. Perguntou ao outro Davis se podia pensar por uns dias, para resolver se queria ou não se desfazer do tapete. O outro Davis entendeu e disse que sim, que ela o avisasse caso não quisesse ficar com ele.

O tapete ficou por um tempo no quarto do filho, seu lugar original. De vez em quando ela entrava lá para dar uma olhada. Ainda estava um pouco sujo, e enrugado nas pontas. Ela ainda o achava vagamente bonito, e ao mesmo tempo vagamente feio. Depois pensou melhor e decidiu colocá-lo onde pudesse vê-lo todos os dias, para que isso a forçasse a tomar uma decisão. Sabia que o outro Davis estava esperando.

Colocou-o no patamar da escada, entre o térreo e o primeiro andar, e achou que combinava com o quadro na parede. Mas seu marido disse que as cores eram vivas demais. Ela, no entanto, deixou-o lá, e continuou a pensar no assunto sempre que subia e descia a escada. Chegou um dia em que, apesar de achá-lo bem bonito, decidiu que ele deveria pertencer ao outro Davis, ou que ao menos era direito dele experimentá-lo em sua casa, já que ele gostara do tapete e já que provavelmente ficaria mais bonito ali. No dia seguinte, porém, antes de ter a oportunidade de pôr em prática sua resolução, uma amiga veio visitá-la e elogiou o tapete: achou que se tratava de uma nova aquisição, e que era muito bonito. E então esta Davis ficou pensando se não deveria, afinal, ficar com ele.

Enquanto isso, os dias passavam e ela estava muito preocupada com o outro Davis. Pensava que era evidente que ele queria experimentar o tapete em sua casa e ela estava sendo egoísta, uma vez que tinha tentado vendê-lo no bazar — e por dez dólares, ainda por cima. Achava que o outro Davis devia querer o tapete e gostar do tapete mais do que ela. Ainda assim, não queria abrir mão de um objeto de que também gostava, ao menos o suficiente para tê-lo comprado, e de que outras pessoas também gostavam, um objeto de que talvez gostasse ainda mais se o mandasse lavar.

Agora pensava no tapete com frequência, e tentava tomar uma decisão quase todo dia, e mudava de ideia quase todo dia. Usava várias linhas de raciocínio para tentar resolver a questão. Era um bom tapete — isso lhe havia sido explicado por um especialista; ela o comprara na loja de artigos ameríndios porque gostara dele, apesar de sua origem não ser, aparentemente, ameríndia; seu filho gostava do tapete, nas raras vezes em que ficava hospedado em sua casa; ela ficaria ainda mais satisfeita com o tapete se o mandasse lavar; por outro lado, não o lavara antes e provavelmente não o faria no futuro; e o outro Davis, a julgar pelo que se via de sua casa, que era limpa e arrumada e decorada com apuro, o lavaria e cuidaria bem dele; ela queria vender; e o outro Davis queria comprar. Provavelmente pagaria os cinquenta dólares, que ela então doaria à boa causa. Se ficasse com o tapete, lhe ocorreu, deveria doar cinquenta dólares à boa causa, já que estava disposta a vendê-lo e ninguém comprou — se bem que aí seria pagar cinquenta dólares para ficar com um objeto que já era dela, a não ser que não pudesse mais ser considerado sua propriedade uma vez que fora posto à venda por uma boa causa.

Um dia ela ganhou do filho de uma amiga uma caixa de papelão com legumes e verduras frescos: já estávamos no meio do verão e sua produção era tão abundante que as vendas não davam vazão. Na caixa havia mais do que ela e o marido precisavam, por isso decidiu distribuir o que sobrou entre os vizinhos que não tinham horta. Uma parte foi para o vizinho da esquina, um dançarino que se mudara para lá fazia pouco tempo, com seu cachorro cego. Quando saiu da casa dele, levou o resto para a casa do outro Davis e sua mulher.

Agora que estavam na porta conversando sobre isso e aquilo, inclusive o tapete, ela confessou que costumava ter muita dificuldade em tomar decisões, e não só sobre o tapete. Então o outro Davis confessou que também ele tinha essa dificuldade. A mulher disse que era incrível como seu marido podia se resolver com certeza a fazer algo, e logo depois mudar de ideia e fazer exatamente o contrário, com a mesma certeza de antes. Contou que ele gostava de conversar com ela sobre o assunto a respeito do qual estava tentando tomar uma decisão. E que suas respostas eram, em geral, em sequência e ao longo do tempo: "Concordo, você tem toda a razão"; "Faça o que achar melhor"; "Não quero saber". Neste caso, já que ambos os Davis eram indecisos, o tapete tinha, segundo a mulher do outro Davis, adquirido vida própria. Sugeriu que lhe dessem um nome. Eles gostaram da ideia, mas não conseguiram pensar num nome na hora.

Esta Davis ficou com vontade de encontrar um Salomão a quem pudesse consultar, para que emitisse um julgamento, porque a questão fundamental não era, no fim das contas, se ela queria ou não ficar com o tapete, mas, de um modo mais geral, qual dos dois lhe dava mais valor: ela achava que, se fosse o outro Davis, o tapete deveria ser dele; já se fosse ela, não poderia vendê-lo. Ou talvez fosse necessário expressar a questão de outro modo, já que o tapete era, de certa forma, "seu" tapete: talvez ela tivesse que decidir apenas que lhe dava mais valor do que antes, apenas o suficiente para não querer se desfazer dele. Mas não é isso, pensou, se o outro Davis realmente gostava mais do tapete, este deveria pertencer a ele. Pensou que talvez fosse uma boa ideia sugerir ao outro Davis que pegasse o tapete e o levasse para a sua casa, e ficasse com ele por um tempo, para ver se gostava mesmo muito dele, ou se gostava só mais ou menos, ou se na verdade não o queria. Se gostasse muito, tinha que ficar com ele; se não o quisesse, ela o pegaria de volta; se o quisesse mais ou menos, ela o pegaria de volta. Mas tampouco estava certa de que seria essa a melhor solução.

Contingência (vs. necessidade)

Poderia ser o nosso cachorro.
Mas não é.
Por isso late pra gente.

Breve incidente com oclusiva velar, fricativa velar e bilabial

Gato pardo, malhado, plácido, observa rã preta. Homem, fascinado, parado, assiste ao gato observando a rã. Rã avança pelo caminho. Rã para, perplexa. Dá ré, rápida — direto na direção do gato. Gato, alarmado, pula. Homem, parado, fascinado, ri. Rã muda de rota outra vez. Gato, novamente plácido, volta à observação.

Contingência (vs. necessidade) 2: de férias

Poderia ser o meu marido.
Mas não é.
É o marido dela.
E por isso tira fotos dela (e não minhas) de saída de praia florida em frente à antiga fortaleza.

Uma história contada por uma amiga

Uma amiga me contou uma história triste outro dia sobre um vizinho seu. Ele estava se correspondendo com um desconhecido através de um site de relacionamentos. O amigo morava a centenas de quilômetros dali, na Carolina do Norte. Os dois homens trocaram mensagens, fotos e logo estavam tendo longas conversas, primeiro por escrito e depois pelo telefone. Descobriram que tinham muito em comum, que entre eles existia compatibilidade emocional e intelectual, sentiam-se à vontade um com o outro, e havia atração física, pelo menos na internet. Seus interesses profissionais também eram próximos, sendo o vizinho da minha amiga contador e seu novo amigo professor de economia numa pequena universidade. Depois de alguns meses, pareciam realmente apaixonados, e o vizinho estava convencido de que "era agora ou nunca", como disse. Quando conseguiu uns dias de férias, planejou uma viagem ao sul, para conhecer seu amor da internet.

No dia da viagem, ligou para o amigo duas ou três vezes e eles conversaram. Depois estranhou que ninguém mais atendesse. E que o amigo não estivesse no aeroporto para buscá-lo. Depois de esperar e telefonar várias vezes, deixou o aeroporto e foi para o endereço que o amigo havia lhe dado. Ninguém atendeu a campainha. Ele imaginou as piores coisas.

Aqui faltam alguns detalhes, mas minha amiga contou como seu vizinho soube que, naquele mesmo dia, enquanto ele estava no avião rumando para o sul, seu amigo teve um ataque cardíaco quando falava por telefone com seu médico; o viajante, tomando conhecimento do episódio ou pelos vizinhos do amigo ou pela polícia, seguiu para o necrotério da cidade; lá, permitiram que visse seu amigo da internet; e assim foi que, cara a cara com o morto, pela primeira vez pôs os olhos naquele que, estava convencido, seria seu companheiro de vida.

O mau romance

Este romance chato, difícil, que eu trouxe na viagem — sigo tentando acabá-lo. Já voltei a ele tantas vezes, sempre com apreensão, e sempre confirmando que continua ruim, tanto que ele agora está se tornando um velho amigo. Meu velho amigo o mau romance.

Depois que você partiu

história a partir de Flaubert

Você me pediu para lhe contar tudo que fiz depois que nos despedimos.

Pois bem, eu estava muito triste; nosso tempo juntos tinha sido tão maravilhoso. Quando vi suas costas sumindo no vagão, subi na ponte para ver o trem passar por baixo de mim. Foi só o que vi; você estava lá dentro! Segui-o o quanto pude, e ao ruído do trem também. Na direção oposta, de Rouen, o céu estava vermelho, com largas rajadas cor de púrpura. Estaria escuro há muito quando eu chegasse a Rouen e você chegasse a Paris. Acendi outro charuto. Vaguei um pouco pela plataforma. Depois, por me sentir entorpecido e cansado, fui a um café do outro lado da rua e tomei um copo de kirsch.

Meu trem entrou na estação, na direção oposta à do seu. No meu compartimento, estava um sujeito que eu conhecia dos tempos da escola. Conversamos muito, quase o caminho todo até Rouen.

Quando cheguei, Louis estava na estação, como combináramos, mas minha mãe não havia mandado a carruagem para nos levar de volta para casa. Esperamos um pouco e depois caminhamos à luz da lua, pela ponte e pelo porto. Naquela parte da cidade há dois locais onde se encontram carruagens de aluguel, com cocheiro.

No segundo desses lugares, a família mora numa antiga igreja. Estava escuro. Batemos na porta e acordamos a mulher, que veio abrir de camisola e touca. Imagine a cena, no meio da noite, com o interior da igreja por detrás dela — sua boca aberta num bocejo; uma vela queimando; o xale de renda nos ombros caindo até abaixo dos quadris. Seria necessário selar os cavalos, naturalmente. O arreio de bagageira estava quebrado, e ficamos esperando enquanto o remendavam com um pedaço de corda.

No caminho de casa, contei a Louis sobre o meu colega de escola, que também tinha sido colega dele. Contei a ele o que fizemos juntos, nós dois. Pela janela, a lua brilhava no rio. Lembrei de outra viagem tarde da noite à luz da lua. E a descrevi para Louis: A neve estava alta no chão. Eu estava num trenó, de gorro de lã vermelho e capa de peles. Havia perdido as botas naquele dia, a caminho de uma exposição sobre os selvagens da África. As janelas do trenó estavam abertas, e eu fumava um charuto. O rio era escuro. As árvores eram escuras. A lua brilhava nos campos nevados: sedosos como cetim. As casas, com seus telhados cobertos de neve, pareciam pequenos ursos brancos enrolados, prontos para dormir. Imaginei que estava na estepe russa. Achei que ouvia renas resfolegando na névoa, que havia uma alcateia de lobos correndo atrás do trenó. Os olhos dos lobos brilhavam como carvão em brasa dos dois lados do trenó.

Quando finalmente chegamos em casa, era uma da manhã. Queria organizar minha mesa de trabalho antes de dormir. Da janela do escritório, via a lua que ainda brilhava — sobre a água, a trilha e, perto da casa, sobre o tulipeiro próximo da minha janela. Quando terminei, Louis foi para o quarto dele e eu para o meu.

O guarda-costas

Ele vai comigo a toda parte. Tem cabelos claros. É jovem e forte. Seus braços e pernas são carnudos e musculosos. Ele é meu guarda-costas. Porém, nunca abre os olhos, nunca deixa sua poltrona. Afundado na poltrona, é carregado de um lugar para outro, assistido, ele também, por seus próprios cuidadores.

sonho

A criança

Ela se inclina sobre a filha. Não consegue deixá-la. A menina está no caixão, sobre a mesa. Ela quer tirar mais uma foto, provavelmente a última. Em vida, a menina não parava quieta para posar. Ela diz, em voz baixa, para a menina, "Vou pegar a câmera", como quem diz, "Não saia daí".

sonho

O pátio da igreja

Tenho as chaves do pátio da igreja e abro o portão. A igreja fica na cidade e tem um jardim bem grande. Agora que o portão está aberto, entra muita gente para sentar na grama e aproveitar o sol.

Enquanto isso, umas moças na esquina coletam dinheiro para a sogra delas, que se chama La Bella.

Eu ofendi ou decepcionei duas mulheres, mas estou embalando Jesus (vivo) em meio a um aconchegante monte de gente.

sonho

Minha irmã e a rainha da Inglaterra

Já são cinquenta anos de um resmungar sem fim, um pegar no pé sem fim. Não importava o que minha irmã fizesse, nada bastava para meu pai e minha mãe. Ela se mudou para a Inglaterra para escapar, casou-se com um inglês, e quando ele morreu, casou-se com outro inglês, mas não adiantou.

Ela então recebeu a medalha da Ordem do Império Britânico. Meus pais foram para a Inglaterra e viram, do outro lado do salão, minha irmã cruzar o tapete sozinha e ir conversar com a rainha. Ficaram impressionados. Minha mãe disse numa carta que nenhum dos outros agraciados conversou tanto tempo com a rainha. Não me surpreendi, já que minha irmã sempre foi boa de papo, em qualquer ocasião. Mas quando perguntei a minha mãe como minha irmã estava vestida, ela não se lembrava bem — luvas brancas e uma coisa que parecia uma barraca, disse.

Quatro lordes do Parlamento mencionaram minha irmã em seus discursos de posse, devido a tudo que ela fazia pelos deficientes, e tratava os deficientes, disse minha mãe, como tratava todo mundo. Falava com seus motoristas do mesmo jeito que com os lordes, e com os lordes do mesmo jeito que com os deficientes. Todos adoravam minha irmã, e ninguém se incomodava de a casa dela ser um pouco bagunçada. Minha mãe disse que a casa continuava uma bagunça, e que minha irmã estava cada vez mais fora de forma, e que convidava gente demais para ficar na casa dela e deixava a manteiga fora da geladeira o dia inteiro e contava detalhes de sua vida privada para seu amigo, o indiano da mercearia da esquina, e que não parava de falar um minuto, mas minha mãe e meu pai sentiram que não dava para comentar nada porque como poderiam falar qualquer coisa agora, ela havia feito tantas coisas boas e era tão admirada por todos.

Estou orgulhosa da minha irmã, e feliz por causa da medalha, mas também feliz porque meu pai e minha mãe foram silenciados por um tempo, e vão deixá-la em paz por um tempo, apesar de eu achar que não será por muito tempo, e sinto muito que tenha sido necessária a intervenção da rainha da Inglaterra.

Consulta ao dentista

história a partir de Flaubert

Na semana passada fui ao dentista achando que ele ia arrancar meu dente. Ele disse, porém, que seria melhor esperar e ver se a dor arrefecia.

Não arrefeceu — eu estava em agonia e com febre. Voltei lá ontem para tirar o dente. No caminho, tive que passar pelo antigo mercado, onde até pouco tempo antes executavam os condenados. Lembrei-me de um dia, quando eu tinha uns seis ou sete anos, estava voltando da escola e cruzei a praça logo depois de uma execução. Ainda não haviam retirado a guilhotina. Vi sangue fresco nas pedras do calçamento. Estavam levando a cesta embora.

Ontem à noite pensei sobre como entrei na praça a caminho do dentista temendo o que ia me acontecer, e como, do mesmo modo, aqueles condenados à morte também entravam na praça temendo o que lhes aconteceria — apesar de que para eles era pior.

Quando adormeci, sonhei com a guilhotina; o estranho é que minha sobrinha, que dorme no andar de baixo, também sonhou com uma guilhotina, embora eu não houvesse comentado nada com ela. Fico pensando se os pensamentos são fluidos, e se fluem para baixo, de uma pessoa para outra, numa mesma casa.

Carta a um fabricante de ervilhas congeladas

Caro Fabricante de Ervilhas Congeladas,

Decidimos lhe escrever porque achamos que as ervilhas na ilustração de sua embalagem de ervilhas congeladas apresentam uma coloração extremamente ingrata. Referimo-nos à embalagem plástica de quinhentos gramas com uma imagem de três ou quatro vagens, uma delas aberta, com algumas ervilhas em torno. As ervilhas são de um verde-amarelado fosco, mais cor de sopa de ervilhas que de ervilhas frescas, e bem diferente da cor real de suas ervilhas, que são de um verde-escuro vivo e intenso. Além disso, as ervilhas retratadas são três vezes maiores do que as que se encontram dentro do pacote, o que, juntamente com a coloração fosca, torna o conjunto ainda menos apetecível — passa a impressão de que as ervilhas estão maduras demais, com uma textura farinhenta. Da mesma forma, a cor das ervilhas na ilustração contrasta de modo desfavorável com a fonte e outros elementos decorativos encontrados na embalagem, que é de um tom verde-neon quase gritante. Comparamos sua representação de ervilhas com a de outros fabricantes e a sua é extraordinariamente menos sedutora. A maioria dos fabricantes de alimentos estampam na embalagem produtos mais apetecíveis do que os que se encontram dentro do pacote, sendo portanto enganosos nessa representação. Os senhores fazem o contrário: estão falsamente representando suas ervilhas como menos saborosas do que elas são na realidade. Gostamos de suas ervilhas e não queremos que sua empresa tenha prejuízos. Por favor, reconsidere a identidade visual de suas embalagens.

Atenciosamente.

O mingau

Esta manhã, a tigela de mingau quente, deixada ali com um prato transparente por cima, cobriu com gotículas de condensação o lado do prato virado para dentro: também ela decidiu tomar uma atitude, dentro de suas possibilidades limitadas.

II

Dois agentes funerários

Um agente funerário que está levando um morto para o norte numa rodovia da França decide parar num restaurante de beira de estrada para um almoço rápido. Lá, encontra outro agente, um colega seu conhecido, que também parara para almoçar rapidamente e que está levando um morto para o sul. Eles decidem sentar-se à mesma mesa e almoçar juntos.

Esse encontro entre profissionais é testemunhado por Roland Barthes. É sua mãe morta que está sendo levada para o sul. Ele assiste a tudo de outra mesa, onde está com a irmã. A mãe, é claro, está lá fora, no carro fúnebre.

Pergunto a Mary sobre seu amigo, o depressivo, e as férias dele

Um ano ela responde
"Foi para Solidão."

No ano seguinte, ela diz
"Foi para Sombrio."

A magia do trem

Vendo-as de trás, enquanto passam por nós caminhando para o fundo do vagão, passando pelas portas abertas dos toaletes, pelas portas de correr, rumo a alguma outra parte do trem, estas duas mulheres de jeans preto colado, sandália de plataforma, suéter justo e jaqueta jeans, tudo arranjado em estilosas camadas, com seus cabelos fartos, soltos, negros, longos, avançando pelo corredor confiantes, avaliamos que sejam adolescentes ou jovens de pouco mais que vinte anos. Quando, porém, vêm em nossa direção um tempo depois, de volta de sua excursão a uma parte estranha e mágica do trem, lá na frente, quando voltam, ainda altivas, vemos seus rostos pálidos, abatidos, com olheiras, bochechas flácidas, uma ou outra verruga, pés de galinha, rugas nos cantos da boca. E ainda que estejam sorrindo um pouco, afáveis, compreendemos que nesse meio-tempo, sob o efeito da magia do trem, envelheceram vinte anos.

Comendo peixe sozinha

Comer peixe é uma coisa que eu em geral faço quando estou sozinha. Em casa só faço peixe quando não tem ninguém, por causa do cheiro. Fico sozinha com sardinhas no pão branco com maionese e alface, sozinha com salmão defumado no pão de centeio passado na manteiga, sozinha com atum e anchovas na salada niçoise, ou com um sanduíche de salmão em lata, e às vezes com bolinhos de salmão fritos na manteiga.

Muitas vezes peço peixe também quando como fora. Faço isso porque gosto de peixe e porque não é carne vermelha, coisa que eu raramente como, nem massa, que em geral é um prato muito pesado. Tampouco peço o prato vegetariano, que provavelmente já comi muitas vezes. Sempre levo um livro, embora a luz sobre a mesa não costume ser boa para leitura e eu fique distraída demais para ler. Tento escolher uma mesa bem iluminada, e aí peço um copo de vinho e pego meu livro. Sempre peço um copo de vinho logo de cara, e fico muito impaciente até ele chegar. Quando chega e dou o primeiro gole, pouso o livro ao lado do prato e só então leio o menu, e meu plano sempre é pedir peixe.

Gosto muito de peixe, mas muitos não devem mais ser consumidos, e hoje em dia é difícil saber quais os que são permitidos. Tenho na carteira uma listinha plastificada publicada pela Sociedade Audubon que explica quais peixes devem ser evitados, quais consumidos com parcimônia e quais consumidos à vontade. Quando como com outras pessoas deixo a lista na carteira porque não tem muita graça jantar com alguém que puxa uma lista da carteira antes de pedir a comida. Me viro sem lista, apesar de que a única coisa de que me lembro é que não devo comer salmão criado em cativeiro ou mesmo selvagem, com exceção do salmão do Alasca, que nunca tem nos restaurantes.

Quando estou sozinha, no entanto, estudo a minha lista. Ninguém nas mesas vizinhas vai imaginar que estou examinando uma lista de peixes. O problema é que a maior parte dos peixes nos cardápios dos restaurantes não são do tipo que se pode comer à vontade. Alguns não devem ser consumidos de modo nenhum, e outros só podem ser consumidos se pescados da maneira correta. Não pergunto à garçonete como o peixe foi pescado, mas muitas vezes pergunto de onde ele vem. Ela em geral não sabe a resposta. Isso quer dizer que, naquela noite, ninguém mais fez essa pergunta — ou porque ninguém liga, ou porque alguns não ligam e os que ligam já sabem a resposta. Quando a garçonete não sabe responder, pergunta ao chef e aí volta com a resposta, que em geral não é a que eu queria ouvir.

Uma vez fiz uma pergunta completamente sem sentido a respeito de um alabote. Só notei que não fazia sentido depois que a garçonete já tinha ido falar com o chef. Não tem problema comer alabote do oceano Pacífico, mas não se deve comer o do Atlântico. Mesmo morando na costa do Atlântico, ou perto da costa, eu perguntara de onde vinha o alabote, como se houvesse esquecido que estávamos muito longe do Pacífico, ou como se o alabote fosse trazido lá do Pacífico para o Atlântico apenas por uma questão de saúde ou de boas práticas pesqueiras. No caso, o restaurante estava cheio e ela se esqueceu de falar com o chef, e quando voltou eu havia percebido que não devia pedir o alabote e já estava pronta para pedir vieiras. As vieiras, diz minha lista, não estão proibidas nem liberadas, devem ser consumidas com parcimônia. Eu não sabia o que isso queria dizer, num contexto de restaurante, com exceção de que talvez fosse necessário fazer mais perguntas que de costume para a garçonete e o chef. No entanto, como até as perguntas mais simples raramente produzem boas respostas, não poderia esperar boas respostas a perguntas complexas. Além disso, sabia que nem a garçonete nem o chef dispunham de tempo para responder perguntas complexas. Uma coisa é certa: já que as vieiras estavam no cardápio, nem ela nem ele iam me dizer que as vieiras são uma espécie ameaçada, ou que estavam contaminadas, tampouco me aconselhariam a não comê-las. Pedi e comi, e estavam ótimas, embora eu tenha ficado com um pouco de peso na consciência, sem saber se haviam sido pescadas do jeito errado ou se continham substâncias tóxicas.

Quando como sozinha, não tenho com quem conversar e nada para fazer a não ser comer e beber, de modo que minhas bocadas de comida e goles de vinho se tornam um pouco deliberados. Fico pensando, Está na hora de dar outra garfada, ou Vá com calma, a comida está quase acabando, esta refeição vai terminar muito rápido. Tento ler meu livro para passar o tempo entre uma garfada e outra, ou entre um gole e outro. Mas mal consigo entender o que está na página porque estou lendo tão pouquinho de cada vez. Também me distraio reparando nos outros comensais. Gosto de olhar atentamente os garçons e garçonetes e os outros clientes, mesmo que não sejam muito interessantes.

Os peixes servidos nos restaurantes raramente aparecem na minha lista. Uma noite vi um prato de linguado com champanhe no cardápio de um restaurante francês perto de casa, e não estava na minha lista. Poderia ter pedido, mas o garçom me disse que era um peixe leve, de maneira que achei que não seria muito saboroso. Outra coisa é que era preparado com crosta de queijo. Achei que a crosta podia ser muito pesada. O garçom disse que era uma crosta fina. Mesmo assim, resolvi não pedir. Havia outros peixes no cardápio: pargo, que minha lista dizia para evitar; bacalhau-do-atlântico, uma espécie ameaçada; e salmão, mas não o selvagem do Alasca. Desisti do peixe e pedi o prato especial com legumes, que chegou com várias porções de diferentes tipos de legume, incluindo bulbos de funcho, dispostos em torno de um lindo bolo de batatas marrom-ouro. Os diferentes sabores dos legumes eram surpreendentemente interessantes, mesmo sendo tantos deles raízes — não apenas cenoura e batata, mas também rabanete, nabo e mandioquinha refogados.

O restaurante pertencia a um casal de franceses. A mulher recebia os clientes na entrada e cuidava do serviço, e o marido cozinhava. Ao sair do restaurante naquela noite, a caminho do estacionamento, passei por uma das janelas da cozinha. Estava muito iluminada e eu parei para espiar o que acontecia lá dentro. O chef estava sozinho. Vestido de branco, de chapéu de mestre-cuco, era magro e ativo, debruçado sobre sua tábua de corte. Pelo que pude ver daquela distância, tinha as feições bem modeladas, delicadas, e uma expressão intensa no rosto. Enquanto eu espiava, ele voltou a cabeça para trás e jogou um bocado na boca, pausando para saboreá-lo. Um homem mais jovem entrou pela esquerda carregando uma bandeja de alguma coisa, pousou-a e saiu de novo. Ele não parecia ter relação alguma com o processo de cozinhar. O chef ficou mais uma vez sozinho. Nunca tinha visto um chef de verdade trabalhando, e nunca tinha imaginado que ele trabalharia sozinho em sua cozinha. Poderia ter ficado lá um tempão, olhando-o trabalhar, mas achei indiscreto me demorar muito, e fui embora.

A última vez que comi sozinha foi num restaurante que escolhi por falta de opção. Estava num lugar remoto, no campo, e não havia mais nada aberto. Achei que a comida seria ruim. Tinha um bar barulhento e aparentemente popular na frente. Dessa vez pedi cerveja e consultei o cardápio. O prato de peixe do dia era filé de marlim. Fiquei tentando lembrar o que era um marlim. Fazia muito tempo que eu não pensava em marlins. Aí me veio a imagem de peixe com uma enorme barbatana nas costas saltando no mar alto, e estava quase certa de que era um peixe popular na pesca desportiva. No entanto, não consegui imaginar como seria o gosto. Não estava na minha lista, porém pedi assim mesmo. Já que não sabia se era um peixe a ser evitado, talvez fosse correto comê-lo. Mesmo que não fosse, não é que eu nunca possa comer um peixe proibido.

Quando a garçonete me trouxe o peixe, trouxe também um recado do chef: ele ficaria esperando para saber se eu tinha gostado do prato; era um filé tão bonito, disse ele. Fiquei impressionada com seu entusiasmo, e ao comer prestei mais atenção no prato do que o normal. O chef tivera tempo para se interessar por aquele filé de marlim, imagino, porque era segunda à noite e só havia mais uma mesa ocupada no restaurante, que ficava num salão grande, ainda que enquanto eu comia tivessem chegado outros clientes. Mesmo no bar havia só duas pessoas, velhinhos de camisa xadrez, de flanela. Ainda assim, com o volume alto da televisão e as risadas da moça que preparava e servia as bebidas, e que também era hostess e mulher do chef, o bar estava bastante barulhento.

O marlim estava bom, só um pouquinho borrachudo. Quando a garçonete veio perguntar o que eu achara, eu não disse que estava borrachudo. Disse que estava muito bom, e que eu apreciara a delicadeza das ervas no molho. A certo ponto, durante a refeição, enquanto eu comia lentamente, dessa vez sem ler, o chef surgiu da cozinha, do outro lado do salão. Era alto, um pouco curvado. Foi até o bar beber alguma coisa e falar com sua mulher e com os dois clientes, depois voltou. Antes de passar pela porta de vaivém, virou-se e olhou na minha direção, curioso, com certeza, de ver quem estava comendo seu lindo filé de marlim. Retribuí seu olhar. Deveria ter dado um tchauzinho, mas antes que pudesse pensar em fazer isso ele sumiu porta adentro.

A porção de comida no meu prato, o filé de marlim com batata assada e legumes, era generosa, e não consegui comer tudo. Comi todos os legumes, pelo menos, fatias macias, levemente refogadas, de abobrinha com tiras finas de pimentão vermelho e ervas. Pedi à garçonete que embrulhasse o resto para eu levar. Ela ficou preocupada; eu havia comido só metade do peixe. "Mas você gostou?", quis saber. Era jovem. Achei que seria a filha do chef e da moça do bar. Garanti que sim, havia gostado. Agora eu é que ficara preocupada; o chef talvez não acreditasse que eu gostara de verdade do peixe, embora fosse verdade. Não havia mais nada que eu pudesse dizer, mas quando paguei a conta, disse à garçonete que tinha adorado os legumes. "A maioria das pessoas não come os legumes", ela respondeu, sem rodeios. Pensei no desperdício, e no cuidado com que o chef preparava, dia após dia, legumes que ninguém comia. Ao menos eu havia comido seus legumes, e ele saberia que eu gostara de verdade. Mas fiquei com pena de não ter comido todo o marlim. Poderia ter feito o esforço.

Nem vem

Há pouco tempo deixei de ganhar um prêmio literário porque, segundo eles, sou *preguiçosa*. O que queriam dizer com *preguiçosa* é que sou muito econômica: por exemplo, nunca escrevo por inteiro a expressão "não vem que não tem", abreviando, em vez disso, para "nem vem".

A mulher de Pouchet

história a partir de Flaubert

Amanhã partirei para Rouen, onde tenho que ir a um enterro. Madame Pouchet, mulher de um médico, morreu anteontem no meio da rua. Estava passeando a cavalo com o marido, teve um ataque e caiu. Já me disseram que não tenho pena das pessoas, mas neste caso estou muito triste. Pouchet é um homem bom, mesmo que completamente surdo e não dos mais alegres, por natureza. Não cuida de pacientes, sua especialidade é zoologia. Sua mulher era uma inglesa bonitinha de modos agradáveis que o ajudava muito em seu trabalho. Desenhava para ele e revisava seus trabalhos; eles viajavam juntos, eram realmente *companheiros*. Ele a amava muito e ficará destruído com sua morte. Louis mora defronte deles. Viu por acaso a carruagem que a trouxe até ali, viu o filho tirando-a do carro; havia um lenço sobre o rosto dela. Quando estava sendo levada para dentro de casa, coberta pelo lenço, chegou um moço de recados com um buquê de flores que ela encomendara naquela manhã. Ah, Shakespeare!

Jantar

Ainda estou na cama quando chegam amigos para jantar. Minha cama é na cozinha. Levanto para ver o que dá para fazer para eles. Encontro três ou quatro pacotes de hambúrguer no freezer, algumas já abertas, outras intactas. Acho que posso juntar todo o hambúrguer e fazer um bolo de carne. Levaria uma hora, mas é a única coisa que me ocorre. Volto para a cama para pensar um pouco mais no assunto.

sonho

O cachorro

Estamos prestes a sair de um lugar com um jardim grande e florido e uma fonte. Olho pela janela do carro e vejo nosso cachorro deitado numa maca, na entrada de uma espécie de galpão. Está de costas para nós. Está imóvel. Há duas flores de corte no pescoço dele, uma vermelha e uma branca. Desvio o olhar e logo me volto outra vez na direção do galpão — quero vê-lo uma última vez. Mas não há mais ninguém na entrada. Num instante ele desapareceu: um instante de distração, e levaram a maca embora.

sonho

A avó

Veio alguém à minha casa trazendo uma grande torta de pêssego. Ele trouxe também outras pessoas, entre elas uma senhora que reclama do cascalho e é depois carregada para dentro da casa com muita dificuldade. À mesa, ela comenta com um homem, para puxar conversa, que gosta dos dentes dele. Tem outro homem que não para de gritar na cara dela, mas ela não se intimida, só o observa com um olhar agourento. Mais tarde, em casa, descobrem que, ao comer castanhas de caju numa cumbuca, ela havia engolido seu aparelho auditivo. Embora o tenha mastigado por quase duas horas, não conseguiu desmembrá-lo em partículas pequenas o bastante para serem engolidas. Na hora de dormir, cuspiu os restos na mão de seu cuidador e disse a ele que aquela castanha estava estragada.

sonho

As terríveis mucamas

Elas são muito rígidas, umas bolivianas teimosas. Resistem sempre e nos sabotam quando possível.

Vieram com o apartamento que estamos sublocando. Custaram uma pechincha por causa do QI baixo de Adela. É uma desmiolada.

No início eu disse: *Estou muito feliz de vocês ficarem, e tenho certeza de que vamos nos dar muito bem.*

Este é um exemplo dos problemas que estamos vivendo. É um incidente típico. Eu precisava cortar uma linha e não estava encontrando minha tesoura de quinze centímetros. Abordei a Adela e disse que não estava achando minha tesoura. Ela insistiu que não tinha visto. Fui com ela à cozinha e pedi a Luisa que cortasse a linha para mim. Ela me perguntou por que eu não pegava e cortava com os dentes. Eu disse que não conseguiria passar a linha pelo buraco da agulha se cortasse com os dentes. Pedi a ela que, por favor, pegasse uma tesoura e cortasse a linha — já. Ela disse a Adela para procurar a tesoura de la Señora Brodie, e eu a segui até o estúdio para ver onde ela guardava a tesoura. Ela a tirou de uma caixa. Na mesma hora, vi um pedaço de barbante esfiapado preso à caixa e perguntei por que ela não aproveitava para cortar o barbante, uma vez que já estava com a tesoura na mão. Ela berrou que isso era impossível. O barbante poderia ser útil caso ela precisasse amarrar a caixa algum dia. Confesso que ri. Aí peguei a tesoura e cortei eu mesma. Adela soltou um grito. Sua mãe apareceu na porta. Eu ri novamente e agora as duas berravam. Depois se calaram.

Já lhes disse: *Por favor, não façam a torrada até pedirmos o café da manhã. Não gostamos de torradas tostadas demais, como os ingleses gostam.*

Já lhes disse: *De manhã, quando tocarmos a sineta, por favor, nos tragam nossa água mineral imediatamente. Depois façam as torradas e, ao mesmo tempo, preparem o café fresco com leite. Preferimos o Franja Blanca ou Cinta Azul, da Bonafide.*

Eu falei educadamente com Luisa quando ela chegou com a água mineral antes do café da manhã. Mas quando a lembrei das torradas, ela desandou a berrar — como eu podia achar que ela seria capaz de deixar as torradas ficarem frias ou duras? Só que as torradas estão quase sempre frias e duras.

Já lhes dissemos: *Preferimos que vocês comprem leite Las Tres Niñas ou Germa, da Kasdorf.*

Adela não consegue falar sem gritar. Já pedi para ela falar baixo, e que dissesse "Señora", mas ela não obedece. Elas também conversam aos berros na cozinha.

Geralmente, antes que eu termine uma frase, Adela grita:

Sí... sí, sí, sí...!, e sai da sala. Sinceramente, não sei se vou aguentar.

Digo a Luisa: *Não me interrompa!* Eu digo: *No me interrumpe!*

O problema não é que Adela não goste de trabalhar. Mas ela entra no meu quarto com uma mensagem da mãe: ela disse que a comida que eu pedi é impossível, e grita a plenos pulmões, de dedo em riste.

Ambas, mãe e filha, são mulheres brutas, voluntariosas. Às vezes acho que são umas selvagens.

Eu já disse a Adela: *Se necessário, limpe o hall, mas só use o aspirador de pó duas vezes na semana.*
Semana passada ela se recusou categoricamente a tirar o aspirador do hall perto da porta de entrada — exatamente na hora em que receberíamos uma visita do reitor da Patagônia.

Elas têm um extraordinário senso de privilégio e propriedade.

Eu já pedi: *Ouçam primeiro o que eu tenho a dizer!*

Levei minha roupa de baixo lá fora para elas lavarem. Luisa logo falou que era difícil demais lavar cintas à mão. Discordei, mas não discuti.

Adela se recusa a fazer qualquer tipo de trabalho pela manhã que não seja a limpeza da casa.

Eu digo: *Somos uma família pequena. Não temos filhos.*

Quando vou perguntar sobre as tarefas que pedi, em geral elas estão cuidando de seus próprios assuntos — lavando seus suéteres ou falando no telefone.

A roupa para passar nunca está pronta.

Hoje eu lembrei a elas que minhas roupas de baixo estavam para lavar. Elas não disseram nada. No fim, tive que lavar minha anágua eu mesma.

Eu digo a elas: *Notamos que vocês estão tentando melhorar e que as roupas estão sendo lavadas mais rapidamente agora.*

Já pedi a Adela: *Por favor, não deixe o pó e os produtos de limpeza no hall.*
Já pedi a ela: *Por favor, tire o lixo imediatamente e leve para o incinerador.*

Hoje eu disse a Adela que precisava dela na cozinha, mas ela foi até o quarto da mãe, vestiu o suéter e saiu assim mesmo. Foi comprar alface — para elas, aliás, não para nós.
Em todas as refeições, ela tenta escapar.

Hoje ao passar pela sala de jantar tentei, como sempre, ser simpática e conversar com Adela. Antes que eu pudesse dizer meia frase, entretanto, ela respondeu que não pode fazer mais nada enquanto põe a mesa.

Adela corre da cozinha para a sala de jantar, mesmo quando temos visitas, gritando: *Telefone para a senhora no seu quarto!*

Apesar de eu já ter pedido para ela falar baixo, nunca obedece. Hoje veio correndo da cozinha no meio do almoço dizendo: *Telefone para a senhora!* E apontou o dedo para mim. Mais tarde, fez o mesmo com nosso convidado, um professor.

Digo a Luisa: *Gostaria de discutir a programação para os próximos dias. Hoje quero apenas um sanduíche ao meio-dia, e frutas. Mas el señor gostaria de um chá nutritivo.*
Amanhã queremos um chá reforçado, com ovos cozidos e sardinhas, às dezoito horas, e não faremos nenhuma outra refeição em casa.
Ao menos uma vez por dia queremos legumes cozidos. Gostamos de saladas, mas também de legumes cozidos. Às vezes podemos comer salada e legumes cozidos na mesma refeição.
Não precisamos de carne no almoço, a não ser em ocasiões especiais. Apreciamos omeletes, talvez com queijo ou tomate.
Por favor, nos sirvam as batatas assadas assim que saírem do forno.

Por duas semanas nos deram só frutas no final da refeição. Pedi a Luisa que fizesse uma sobremesa. Ela me trouxe uns crepes recheados de purê de maçã. Estavam saborosos, ainda que bem frios. Hoje ela serviu frutas outra vez.

Disse a ela: *Luisa, você não pode se referir às minhas instruções como "voluntariosas e arbitrárias".*

Luisa é emotiva e primitiva. Seus humores mudam num relâmpago. Ela se ofende facilmente e pode tornar-se violenta. Tem um orgulho!
Adela é só embrutecida e grosseira, uma selvagem de miolo mole.

Digo a Luisa: *Nosso convidado, Señor Flanders, não conhe-*

ce o parque. Ele vai passar algumas horas lá com ele. Você pode preparar sanduíches de frios para ele levar no passeio? É seu último domingo aqui.

Pelo menos dessa vez, ela não protestou.

Quando põe a mesa, Adela larga os utensílios do alto, deixando-os cair com estrondo.

Digo a Luisa: *Por favor, quero que a Adela lustre os castiçais. Vamos colocá-los na mesa hoje à noite.*

Toco a sineta à mesa do jantar, e no instante seguinte vem um estardalhaço da cozinha.

Já avisei a elas: *Não é possível esta arruaça na cozinha na hora do nosso coquetel e do jantar.* Mas lá estão elas novamente trocando golpes e batendo boca.

Se pedimos alguma coisa durante a refeição, Adela aparece da cozinha e diz: *Não tem.*

É extenuante. Fico exausta depois de uma única tentativa de falar com ela.

Luisa, eu digo, *quero ter certeza de que ficou claro. Você não pode ouvir rádio na hora do nosso jantar. Tem também muita gritaria na cozinha. Só queremos um pouco de paz na casa.*

Não acreditamos que elas estejam sinceramente tentando nos agradar.

Adela às vezes tira a sineta da mesa e não a coloca de volta.

Então não posso tocar a sineta para chamá-la na hora das refeições, tenho que berrar da sala de jantar para a cozinha, ou ficar sem aquilo de que preciso, ou ir buscar eu mesma a sineta. Minha pergunta é: será que ela faz isso de propósito?

Dou as instruções com antecedência: *Para a festa vamos precisar de suco de tomate, suco de laranja e Coca-Cola.*

Digo a ela: *Adela, você fica encarregada de abrir a porta e guardar os casacos dos convidados. Mostrará às senhoras onde fica o toalete, se elas perguntarem.*

Pergunto a Luisa: *Como se preparam empanadas ao estilo boliviano?*

Gostaríamos que elas usassem uniforme o tempo *todo*.

Digo a Adela: *Por favor, gostaria que você circulasse entre os convidados com bandejas de aperitivos frescos.*
Quando os pratos não mais estiverem com boa aparência, por favor, leve-os para a cozinha e prepare novos.
Digo a ela: *Adela, por favor, quero que haja sempre copos limpos na mesa, e também gelo e soda.*
Já avisei: *Deixe sempre uma toalha no toalheiro acima do bidê.*

Pergunto a ela: *Há vasos suficientes? Pode me mostrar onde estão? Quero comprar flores.*

Aqui vão mais alguns detalhes da contenda silenciosa: vejo que Adela deixou um pedaço comprido de barbante no chão ao lado da cama. Ela já saiu com o cesto de lixo. Não sei se está me testando. Será que ela acha que sou submissa e incapaz a ponto de não pedir que ela cate o barbante? Mas ela está resfriada, e não é muito inteligente, e se realmente não reparou no pedaço de barbante prefiro não fazer caso. Finalmente resolvo eu mesma catar o barbante.

Sofremos com suas afrontas mal-educadas e cruéis.

Faltava um botão no colarinho do meu marido. Levei a camisa para Adela. Ela balançou o dedo e disse não. Disse que la Señora Brodie sempre leva tudo para consertar na costureira.
Até um botão?, perguntei. Será que não tem um botão nesta casa?
Ela respondeu que na casa não tinha botão.

Disse a Luisa que elas podiam sair aos domingos, até antes do café da manhã. Ela gritou comigo dizendo que não queriam sair, e perguntou, Aonde iriam se saíssem?
Disse que elas podiam ficar à vontade para sair, mas se não saíssem queríamos que nos servissem alguma coisa, mesmo que fosse algo simples. Ela disse que faria isso, mas só de manhã, não à tarde. Respondeu que domingo à tarde as duas filhas mais velhas sempre vinham visitá-la.

Passei a manhã escrevendo uma longa carta para Luisa, mas decidi não entregar.
Na carta, eu dizia: *Já tive muitas empregadas na vida.*
Escrevi que acreditava ser uma patroa atenciosa, generosa e justa.
Disse que, quando ela aceitasse a realidade da situação, tudo ficaria bem.

Se elas pelo menos fizessem um esforço para realmente mudar de atitude, gostaríamos de poder ajudá-las. Pagaríamos para tratar os dentes da Adela, por exemplo. Ela tem tanta vergonha de seus dentes.

Mas até agora não notamos nenhuma mudança real na atitude das duas.

Também estamos achando que elas têm parentes morando escondidos com elas atrás da cozinha.

Estou praticando uma frase para tentar usar com Luisa, e que me parece mais otimista do que me sinto na verdade: *Con el correr del tiempo, todo se solucionará.*

Mas elas nos lançam olhares tão negros, de índio!

História reversível

ALGUMAS DESPESAS NECESSÁRIAS

Uma betoneira acaba de concluir o trabalho na casa ao lado. O sr. e a sra. Charray estão reformando sua adega. Se aprimorarem a adega, seu custo de seguro contra incêndio diminuirá. Hoje, o seguro que pagam é muito caro. Isso acontece porque eles têm milhares de garrafas de vinhos excelentes. Eles possuem vinhos excelentes e algumas pinturas bastante boas, mas seu gosto em roupas e mobília é bem classe C.

NECESSÁRIAS ALGUMAS DESPESAS

O gosto do casal Charray em roupas e mobília é banal e tipicamente classe C. No entanto, possuem algumas pinturas de boa qualidade, muitas de artistas contemporâneos canadenses e norte-americanos. Têm também uma boa coleção de vinhos. São, na verdade, milhares de garrafas de excelentes vinhos. Por causa disso, seu seguro contra incêndio é muito caro. Porém, se aumentarem e reformarem sua adega, o seguro cai. Estão fazendo exatamente isso: uma betoneira acaba de concluir o trabalho na casa deles, ao lado da nossa.

Mulher, 30 anos

Uma mulher, 30 anos, não quer deixar a casa onde passou a infância.

Sair para quê? Estes são meus pais. Me amam. Por que eu iria embora para casar com um homem que só vai brigar e gritar comigo?

Ainda assim, gosta de se despir diante da janela. Gostaria que pelo menos um homem reparasse nela.

Como sei do que gosto
(seis versões)

Ela gostou. Ela é parecida comigo. Portanto, eu talvez goste também.

Ela é parecida comigo. Gosta das mesmas coisas que eu. Ela gostou. Portanto, talvez eu goste também.

Eu gostei. Mostro para ela. Ela gosta. Ela é parecida comigo. Portanto, talvez eu goste mesmo.

Acho que gostei. Mostro para ela. Ela gosta. Ela é parecida comigo. Portanto, talvez eu goste mesmo.

Acho que gostei. Mostro para ela. (Ela é parecida comigo. Gosta das mesmas coisas que eu.) Ela gosta. Portanto, talvez eu goste mesmo.

Eu gostei. Mostro para ela. Ela gosta. (Ela diz que o outro era "simplesmente medonho".) Ela é parecida comigo. Gosta das mesmas coisas que eu. De modo que eu talvez goste mesmo.

Händel

Tenho um problema no meu casamento, que é que eu simplesmente não gosto de Georg Friedrich Händel tanto quanto meu marido. É um obstáculo entre nós. Sinto inveja de um casal que conhecemos, por exemplo, que gosta tanto de Händel que é capaz de pegar um avião até o Texas só para ouvir um tenor específico cantar uma de suas óperas. Eles agora converteram outra amiga nossa em amante de Händel. Fiquei surpresa porque, da última vez em que conversamos sobre música, ela gostava de Hank Williams. Os três foram de trem para Washington, DC, este ano ver *Giulio Cesare in Egitto*. Prefiro os compositores do século XIX, especialmente Dvořák. Mas sou aberta a todo tipo de música e em geral, se tenho a oportunidade de ouvir música com atenção, acabo sempre gostando. No entanto, apesar de o meu marido escutar alguma música vocal de Händel todas as noites, se eu não reclamar, não consegui ainda apreciar o compositor. Felizmente, encontrei um terapeuta não longe daqui, em Lenox, Massachusetts, especializado em terapia de Händel, e vou dar uma tentada. (Meu marido não acredita em terapia e sei que não iria a um terapeuta de Dvořák comigo mesmo que houvesse um.)

Forças subliminares

Rhea estava hospedada na minha casa e conversávamos sobre aniversários. Perguntei quando era o aniversário dela. Ela respondeu 13 de abril, mas disse que nunca recebia cartões ou presentes, e que tudo bem porque não queria mesmo lembrar do aniversário. Comentei que havia uma pessoa que nunca deixava que os outros esquecessem seu aniversário, nossa amiga Ellie.

Ellie estava longe, em outro país, onde ficava mais difícil lembrar os outros de seu aniversário. Depois pensei, Espera aí, estamos em outubro: este é o mês do aniversário da Ellie! Não conseguia lembrar o dia exato, por isso fui procurar onde tinha anotado a data no meu caderno de endereços. Descobri que era naquele dia mesmo, 23 de outubro. Contei para a Rhea e nos espantamos com o fato de que falávamos sobre aniversários no dia do aniversário da Ellie. Rhea disse que eu já devia saber a data, no fundo.

Não contei à Rhea como havia começado a pensar em aniversários: eu estava colocando guardanapos na mesa para o jantar quando me lembrei de uma história que ela me contara, de como estava, muito tempo antes, dando um jantar para um grupo de amigos difíceis de receber, já que eram muito exigentes em relação a coisas como comida e vinho e mesas bem-postas; e Rhea, que na época não ligava muito para uma mesa bem-posta porém se sentia constrangida na presença de certas pessoas, entre as quais aqueles amigos, percebeu que não tinha guardanapo em casa, nem toalha de papel, tampouco Kleenex; e assim que começaram a comer, um dos convidados educadamente pediu um guardanapo; Rhea explicou o problema e outro convidado sugeriu que usassem papel higiênico; e o constrangimento da Rhea durante o jantar, com os convidados todos usando papel higiênico à mesa; e por isso eu queria mandar para Rhea um conjunto de guardanapos de pano quando chegasse seu aniversário, para que ela nunca mais tivesse que passar por uma situação como aquela. Mesmo assim, é verdade que eu talvez não tivesse pensado nessa história toda se não tivesse lembrado, de maneira subliminar, que hoje era aniversário da Ellie.

Mais tarde, depois que Rhea foi dormir, fiquei refletindo sobre a conversa enquanto acabava de lavar a louça do jantar e pensei, com certa satisfação, Pelo menos este ano a Ellie não pode me lembrar do aniversário dela porque está longe demais. Mas depois pensei, Espera aí, na verdade acabei por me lembrar do aniversário da Ellie. E então percebi que como ela nunca deixa ninguém se esquecer do seu aniversário, e como sei disso muito bem, não fui eu quem subliminarmente estava com a informação na cabeça o tempo todo, como eu e Rhea havíamos decidido, mas na verdade a Ellie é que conseguira, no fim das contas, me lembrar do seu aniversário, mesmo que não diretamente como de hábito e, com sua eficiência costumeira, ainda conseguira de uma só tacada lembrar a Rhea.

A geografia dela: Alabama

Ela acha, por um instante, que Alabama é uma cidade na Geórgia: se chama Alabama, Geórgia.

O enterro

história a partir de Flaubert

Ontem fui ao enterro da mulher do Pouchet. Enquanto observava o pobre Pouchet, de pé, dobrando-se e agitando-se de desgosto, como capim ao vento, uns sujeitos perto de mim começaram a conversar sobre seus pomares, e as várias espessuras dos troncos de suas novas árvores frutíferas. Depois um senhor ao meu lado me perguntou sobre o Oriente Médio. Queria saber se havia museus no Cairo. Perguntou: "Qual a condição das bibliotecas públicas por lá?". O padre que presidia a cerimônia fúnebre falava francês e não latim porque era uma cerimônia protestante. O senhor ao meu lado aprovou, e depois fez comentários desrespeitosos sobre o catolicismo. Enquanto isso, o pobre Pouchet estava ali na nossa frente, desolado.

Ah, nós, escritores, achamos que inventamos demais — mas a realidade é sempre pior!

As buscadoras de marido

Bandos de mulheres tentam aportar numa ilha, buscando maridos entre os homens de uma tribo de jovens muito bonitos. Sopram por sobre os mares como brotos de algodão ou sementes de plantas selvagens, e quando rejeitadas se acumulam na costa numa camada flutuante de lã branca.

sonho

Na galeria

Uma mulher que eu conheço, artista plástica, tenta pendurar seu trabalho para uma exposição. O trabalho é uma única linha de texto colada na parede, com uma cortina transparente na frente.

Ela está no alto de uma escada de pintor e não consegue descer. Está de costas para a escada, não de frente. As pessoas no chão dizem para ela se virar, mas ela não sabe como.

Quando a vejo novamente, ela já desceu. Vai de pessoa em pessoa pedindo ajuda para pendurar seu trabalho. Mas ninguém a ajuda. Dizem que ela é uma mulher muito difícil.

sonho

O sol baixo

Sou estudante universitária. Digo a uma aluna mais jovem, uma dançarina, que o sol está muito baixo no céu. A luz deve estar preenchendo as grutas na beira do mar.

sonho

O pouso

Logo agora, nesses dias em que ando com tanto medo de morrer, tive uma estranha experiência num avião.

Estava indo para Chicago a fim de participar de uma conferência. A emergência ocorreu quando nos aproximávamos do aeroporto para o pouso. Sempre tive medo da aterrissagem. Toda vez que voo, tento me reconciliar com o mundo e fazer um balanço da minha vida. Faço isso duas vezes a cada voo, uma vez no início e outra antes de aterrissar. Mas nunca aconteceu nada mais grave do que turbulência normal — apesar de que na hora em que começa a turbulência nunca sei se será normal ou não.

Dessa vez era algo errado com as asas. Não abriam uns flaps que servem para desacelerar o avião quando ele se aproxima da pista, de maneira que o pouso se daria a uma velocidade muito alta. O perigo era que na aterrissagem a uma velocidade tão alta um dos pneus podia estourar e o avião perder o controle e bater, ou as rodas podiam não resistir ao impacto e o avião sair deslizando de barriga e pegar fogo.

O aviso do piloto me aterrorizou. Foi um terror extraordináriamente físico, como um raio gelado descendo espinha abaixo. Com o aviso, mudou tudo: talvez em menos de uma hora todos estivéssemos mortos. Busquei consolo e companheirismo no medo com a passageira do lado, mas ela de nada me serviu, com os olhos fechados e o rosto voltado para a janela. Olhei para os outros passageiros, mas cada um parecia absorvido em tentar entender o que o piloto dissera. Também eu fechei os olhos e agarrei o descanso de braço.

Passou um tempinho, e veio uma explicação do comissário de bordo, que anunciou por quanto tempo ficaríamos dando voltas sobre o aeroporto. Ele estava calmo. Enquanto falava, fiquei prestando atenção em seu rosto. Foi aí que entendi algo que guardei na memória para usar em voos futuros, se é que haveria algum: se eu estiver nervosa, devo olhar para o rosto do comissário ou comissária de bordo para entender se há razão para nervosismo. Seu rosto estava relaxado e tranquilo. Não era uma emergência das piores, acrescentou. Olhei para o outro lado do corredor e meus olhos encontraram os de um passageiro de seus sessenta anos que também parecia calmo. Ele me disse que tinha voado mais de nove milhões de milhas desde 1981 e passara por muitas situações de emergência. Não descreveu nenhuma delas.

Mas aí o comissário de bordo fez algo que só me alarmou mais: ainda calmo, mas com o que talvez fosse a calma do fatalismo, pensei naquele momento, fatalismo resultante de seu treinamento e longa experiência, ou quem sabe simplesmente a aceitação do fim, ele instruía os passageiros sentados na primeira fila a respeito do que cada um deveria fazer caso ele próprio ficasse incapacitado. Enquanto dava suas explicações aos passageiros, estes, na minha imaginação, foram imediatamente alçados a seus assistentes ou assessores, e visualizei-o já incapacitado, indefeso, morto ou paralisado. Ainda que apenas na minha imaginação, o acidente fatal já era iminente. Àquela altura, percebi que qualquer atitude não rotineira de um comissário ou comissária de bordo deveria ser suficiente para me alarmar.

Nossas vidas podiam estar chegando ao fim. Isso exigia uma reconciliação imediata com a ideia da morte, e também uma decisão imediata sobre a melhor maneira de deixar este mundo. Quais seriam meus últimos pensamentos nesta terra, em vida? Não era uma questão de consolo, mas de aceitação, acreditar que o certo era morrer agora. Primeiro me despedi das pessoas que mais quero. Depois, era necessário um pensamento maior, para o último instante, e o que me veio como o melhor pensamento foi a ideia de que sou muito pequena neste universo imenso. Foi necessário imaginar o universo imenso, com todas as galáxias, e lembrar como eu era pequena, de modo que tudo bem morrer agora. Tudo morre o tempo todo, e o universo é misterioso, e de qualquer modo outra era do gelo se aproxima, nossa civilização desapareceria, de modo que tudo bem morrer agora.

Enquanto eu pensava esse vasto pensamento, meus olhos estavam novamente fechados, minhas mãos agarradas uma à outra até ficarem úmidas, e meus pés firmados na base do assento em frente. Não adiantaria nada firmar os pés se sofrêssemos um acidente fatal. Mas eu precisava fazer alguma coisa, senti necessidade de agir e exercer algum controle sobre a situação. Em meio ao medo, achei interessante essa necessidade de controlar uma situação incontrolável. E logo desisti de tomar qualquer atitude e observei outro ponto interessante sobre o que agora acontecia comigo — enquanto achei que precisava fazer alguma coisa, estava angustiada, mas quando abri mão de toda responsabilidade e parei de fazer tudo que estava fazendo, me senti relativamente em paz, embora a terra circulasse longe lá embaixo e estivéssemos todos num avião defeituoso que teria dificuldade em pousar.

O avião deu voltas por muito tempo. Ou mais tarde, ou naquela hora mesmo, soube que em terra tomavam providências para um pouso de emergência. Estavam liberando a pista mais longa do aeroporto porque o avião pousaria a uma velocidade muito alta e precisaria rolar bastante tempo até que a velocidade diminuísse. Carros de bombeiro nos esperariam na pista. Há uma série de complicações resultantes de um pouso em alta velocidade. As rodas da aeronave poderiam sofrer avarias, e o avião deslizar de barriga. A fricção da derrapagem pode provocar faísca e fogo, ou a velocidade do avião pode fazê-lo pilonar, termo técnico para capotar para a frente, por sobre o nariz. Se o avião deslizasse de barriga, ou se um pneu estourasse, o piloto poderia perder o controle e o avião bater fora da pista.

Finalmente liberaram a pista e posicionaram os carros de bombeiro, e o piloto começou a descida. Nós, passageiros, não víamos nada de diferente na forma como ele pilotava na descida, mas à medida que foi chegando o momento do pouso ficamos mais e mais nervosos: enquanto antes a possibilidade de desastre estava no nosso futuro próximo, agora estava prestes a acontecer.

Num pouso normal, o avião assume um ângulo de descida bastante acentuado, talvez de trinta graus, e quica um pouco no chão, até finalmente fazer contato com a pista. A uma velocidade como a nossa esse procedimento seria perigoso, por isso o piloto desceu em círculos quase até chegar ao solo antes de se aproximar da cabeceira da pista, voando tão baixo ao abordar a pista que sua trajetória estava praticamente paralela ao solo. Como era importante ter o máximo de distância para a desaceleração do avião, o piloto fez contato com o solo assim que passou a cabeceira, colocando as rodas no asfalto com tal delicadeza que mal sentimos: foi a aterrissagem mais perfeita que já vi na vida. Depois, diminuiu a velocidade gradualmente até começarmos a taxiar a uma velocidade normal. Fez um excelente trabalho, estávamos todos salvos.

Agora, naturalmente, os passageiros todos aplaudiram e

deram vivas, com alívio, ao mesmo tempo olhando uns para os outros e pela janela, espantados com a quantidade de carros de bombeiro, de cuja ajuda não precisamos. À medida que os aplausos minguaram, aumentou o barulho de vozes e risos na cabine. O homem do outro lado do corredor me contou sobre outros quase acidentes pelos quais passara, como, por exemplo, um incêndio no avião. Fomos informados pelo comissário de bordo, que também estava mais falante agora que chegávamos ao solo, que os pilotos praticam aquele tipo de aterrissagem muitas vezes durante o treinamento. Talvez fosse útil termos essa informação no ar ainda, mas por outro lado talvez não fizesse diferença.

Fiquei pensando sobre o pouso durante o jantar naquela noite, no restaurante eficiente e movimentado do meu hotel. Estava olhando a face de um ovinho frito bem pequeno, um ovo de codorna, no meu prato, e pensei que, caso o desfecho da história fosse diferente, o ovo estaria naquele exato momento olhando para outro garfo, ou talvez o mesmo garfo, mas em outra mão. Minha mão estaria em outro lugar, talvez o necrotério da cidade de Chicago.

Estava também anotando tudo que lembrava a respeito do pouso, enquanto meu jantar esfriava. O garçom, observando meu prato, disse algo como "Sua caneta vai mais rápido que seu garfo", e então acrescentou, como se lhe houvesse ocorrido naquele momento, "que é o certo". E por isso gostei mais dele. Não tinha gostado dele antes, com suas melenas meladas e suas piadas demasiado familiares.

Enquanto isso, no fundo, na recepção do hotel, o atendente perguntou a um inglês esguio, circunspecto, de barba grisalha, "Qual o seu nome?", e ele respondeu, "Morris. M, o, r, r, i, s".

A linguagem da companhia telefônica

"O contratempo que a senhora relatou recentemente já está funcionando."

O cocheiro e a lombriga

história a partir de Flaubert

Um ex-empregado nosso, um sujeito patético, que hoje é cocheiro de carruagem de aluguel — talvez você se lembre que ele casou com a filha daquele bagageiro, o que recebeu um prêmio importante na mesma época em que a esposa foi condenada à servidão penal por roubo, quando na verdade o ladrão era ele. Voltando ao assunto, esse infeliz, Tolet, nosso ex-empregado, está, ou acha que está, com lombriga. Fala da lombriga como se ela fosse uma pessoa que se comunica com ele e lhe dá ordens, e em conversas, quando Tolet usa a palavra "ela", está sempre se referindo à criatura que vive em suas entranhas. Às vezes tem desejos repentinos, que atribui à lombriga: "Ela quer isso e aquilo", diz — e Tolet obedece na mesma hora. Ultimamente, *ela* andou querendo comer pão doce fresquinho; outra vez *ela* precisava tomar vinho branco, mas no dia seguinte ficou indignada porque não lhe deram vinho tinto.

O pobre homem a esta altura está rebaixado, aos seus próprios olhos, ao nível da lombriga; são pares, travando uma batalha feroz pelo poder. Há pouco tempo, ele disse à minha cunhada, "Aquela criatura quer acabar comigo, entende; me força a fazer o que ela quer. Mas minha vingança chegará. Só um de nós restará de pé". Enfim, será o homem que sobreviverá, ou melhor, não por muito tempo, já que, *para matar a lombriga e se ver livre dela*, Tolet engoliu um *frasco de ácido* e está, neste exato instante, morrendo. Me pergunto se você entende as profundas verdades contidas nesta história.

Que coisa estranha é a mente humana!

Carta a um gerente de marketing

Caro Gerente de Marketing da Livraria de Harvard,

Telefonei para sua livraria para perguntar a respeito da questão descrita abaixo e me disseram que o senhor era a pessoa de contato. Minha pergunta refere-se a um infeliz erro biográfico no seu boletim de janeiro de 2002.

Fiquei espantada ao ver, na contracapa dessa edição, meu livro listado na coluna intitulada "Destaque: Alumni da McLean". Eu entendo perfeitamente que a McLean tem uma longa lista de ex-pacientes ilustres e é uma das instituições desse tipo mais conceituadas do país, mas só adentrei seus muros uma vez, e foi como visitante. Dei uma passada lá para visitar um amigo da escola, e fiquei ali talvez uma hora, no máximo, já que a conversa foi, na melhor das hipóteses, difícil.

Devo dizer, para ser sincera — caso seja esta a razão do mal-entendido —, que um membro da minha família uma vez foi encarcerado na McLean. Meu bisavô, que tem o mesmo sobrenome que eu, foi paciente lá por um breve período, mas isso foi no início do século passado, e ele nem era muito perturbado, nada grave, pelo que entendo das cartas e outras evidências documentais que tenho em meu poder. Ao que parece, tinha uma personalidade irrequieta e em seu local de trabalho apresentava um comportamento apático, sendo algumas vezes tomado pela ideia de empreender projetos irracionais. Estava insatisfeito com sua vida doméstica e com certeza oprimido pela natureza visivelmente exigente e restritiva de sua mulher. Apesar de ter, de fato, em certa ocasião, fugido da instituição e sido reinternado, à força, alguns meses depois foi declarado reabilitado por completo e teve alta. Levou depois disso uma vida pacata, ainda que um pouco solitária, longe da família, com um único empregado, numa fazenda em Harwich, Massachusetts.

Esclareço esses pontos caso a informação lhe seja útil, ainda que não veja como os senhores podem ter me confundido com ele. Entretanto, não me ocorre nenhuma outra explicação para o erro de identificação, a não ser a possibilidade de que seus colaboradores tenham pensado, com base no conteúdo, ou no título, do meu livro, ou quem sabe com base na minha aparência um pouco desnorteada na fotografia que ilustra a orelha do livro, que eu também fosse ex-interna da McLean.

É sempre gratificante que prestem atenção numa obra nossa, por outro lado, no entanto, é bastante constrangedor ser erroneamente identificada desse modo. Seria possível ao senhor elucidar a questão?

Atenciosamente.

III

O último dos moicanos

Estamos sentados com nossa mãe, já velhinha, no asilo.
"Claro que fico com saudades de vocês. Mas não é como estar num lugar onde a gente não conhece ninguém."
Ela sorri, tentando nos consolar. "Tem muita gente aqui lá do velho Willy."
Ela acrescenta: "É claro que muitos deles não conseguem mais falar". Faz uma pausa, e continua: "E muitos já não enxergam".
Ela nos olha através dos óculos com fundo de garrafa. Sabemos que ela só vê luz e sombras.
"Sou o último dos moicanos — como dizem."

Tarefa nível dois

Colore os peixes.
Recorta-os.
Faz um furo no alto de cada peixe.
Passa uma fita por todos os furos.
Amarra os peixes uns aos outros.

Agora lê o que está escrito nos peixes:
Jesus é amigo.
Jesus une os amigos.
Eu sou amigo de Jesus.

Mestre

"Você quer ser um mestre", ele disse. "Pois bem, você não é um mestre."
Isso me baqueou.
Parece que ainda tenho muito que aprender.

Situação delicada

Um jovem escritor contratou uma escritora mais velha e mais experiente para melhorar seus textos. No entanto, se recusa a remunerá-la pelo serviço. Na verdade a mantém numa situação quase de cativeiro, nos jardins de sua propriedade. Embora a mãe dele, frágil e idosa, ao virar as costas e partir, como se não quisesse olhar para o filho, lhe implore, vacilante, que acerte as contas com essa escritora, ele se recusa. Em vez disso, lhe estende a mão fechada em punho, enquanto ela estende a própria mão, aberta, palma para cima, como pronta a receber algo. Ele então abre a mão, que está vazia. Ela entende que ele faz isso por vingança, porque eles tiveram o que se poderia chamar de uma relação amorosa, e ela não o tratara muito bem. Era mal-educada com ele, às vezes, e o diminuía diante dos outros e também quando estavam a sós. Ela tenta, o tempo todo, lembrar se foi tão cruel com ele naquela época, tanto tempo atrás, quanto ele está sendo com ela agora. Para complicar a situação ainda mais, há outra pessoa vivendo com ela aqui, e que depende dela para seu sustento, e é o seu ex-marido. Ele, ao contrário dela e de seu ex-amante, está alegre e confiante em sua ignorância da situação, até que finalmente ela lhe conta que não está recebendo. Mesmo depois de saber a verdade, após um momento de pausa em que absorve a notícia, ele continua alegre e confiante, talvez em parte por não acreditar nela, e em parte por estar ocupado com um projeto próprio que acabou de começar. Ele a convida a participar do projeto. Ela se sente disposta e interessada até ver o que é. Percebe então que, infelizmente para ela, o projeto inclui os textos de uma quarta pessoa. Ela não gosta dos textos, nem do personagem, nem do que ela imagina ser a má influência dessa outra pessoa, e não quer se envolver com nada daquilo. Porém, antes que tenha a oportunidade de dizer isso ao ex-marido, ou melhor, antes que tenha a oportunidade de esconder isso dele, ao mesmo tempo recusando-se a colaborar com o projeto, outra pergunta lhe ocorre. Onde, no meio de tudo isso, ela pensa então, e estranho que lhe tenha levado tanto tempo, semanas talvez, para lembrar, onde no meio de tudo isso está seu marido, sempre tão cuidadoso com ela, e por que ele não vem tirá-la dessa situação tão delicada?

Observação sobre a limpeza da casa

Debaixo de tanta sujeira
o chão está na verdade muito limpo.

A execução

história a partir de Flaubert

E aqui outra história sobre nossa compaixão. Numa vila não longe daqui, um jovem matou um banqueiro e sua mulher, depois estuprou a empregada e bebeu todo o vinho na adega. Ele foi julgado, condenado à morte e executado. A verdade é que houve tanto interesse em testemunhar sua execução na guilhotina que na noite anterior veio gente do país inteiro — mais de *dez mil* pessoas. A multidão era tão grande que as padarias ficaram sem pão. E como as hospedarias estavam cheias, as pessoas dormiram ao relento: para ver esse homem morrer, *elas dormiram na neve*.

E balançamos a cabeça quando falamos dos gladiadores romanos. Ah, quanta hipocrisia!

Um bilhete do entregador de jornal

Ela quer fazer o marido olhar para o gato e o cachorro deitados no chão juntos, companheiros. Ele imediatamente se irrita porque tenta se concentrar no que está fazendo.

Já que ele se recusa a falar com ela, ela começa a conversar com o gato e o cachorro. Ele de novo pede que ela se cale — não consegue se concentrar.

Ele está escrevendo um bilhete para o entregador de jornal. É uma resposta a um bilhete que receberam do rapaz.

O entregador escreveu que ao atravessar o jardim no escuro, de manhã cedo, encontrou "vários animais" — "como gambás". Anuncia que, a partir de agora, prefere não entrar no jardim e em vez disso deixará o jornal "no portãozinho dos fundos, pelo lado de fora".

Agora, em resposta, seu marido escreve ao entregador dizendo que Não, preferem o jornal entregue, *como sempre*, na varanda, perto da porta de entrada, e que, se ele não puder fazer assim, cancelarão a assinatura.

Na verdade, segundo a construção gramatical usada pelo entregador no bilhete, são os próprios animais que estão não apenas andando pelo jardim mas também entregando o jornal.

Na estação de trem

A estação de trem está muito cheia. Tem gente andando para todo lado, ainda que também haja gente parada. Um monge budista tibetano de cabeça raspada e hábito longo cor de vinho está no meio da multidão, com ar preocupado. Estou imóvel, examinando-o. Tenho bastante tempo até a saída do próximo trem porque acabo de perder o meu. O monge vê que estou olhando para ele. Vem na minha direção e diz que está procurando a Plataforma 3. Sei onde ficam as plataformas. Indico o caminho ao monge.

sonho

A lua

Levanto da cama no meio da noite. Meu quarto é grande e escuro, com exceção do cachorro branco, deitado no chão. Saio do quarto. O corredor é largo e comprido, iluminado por uma espécie de crepúsculo subaquático. Chego à porta do banheiro e vejo que ele está banhado por uma luz intensa. A lua está cheia e muito alta no céu. Os raios do luar entram pela janela, iluminando diretamente o assento do vaso sanitário, como mandados por um Deus prestativo.

Depois estou de volta na cama. Há algum tempo estou deitada, sem dormir. O quarto está mais claro do que antes. A lua chega por este lado da casa, penso. Mas não, é o dia raiando.

sonho

Meus passos

    Vejo a mim mesma de costas, caminhando. Há círculos tanto de luz como de sombras em torno de cada um dos meus passos. Sei que com cada passo consigo agora ir mais longe e mais depressa que antes, e é claro que quero avançar e correr. Me dizem, porém, que devo pausar a cada passo, deixando o pé pousar no chão se quiser desenvolver toda a potência e alcance do passo seguinte.

sonho

Como leio o mais rápido possível os números atrasados do suplemento literário do *Times*

Não quero ler sobre a vida de Jerry Lewis.

Não quero ler sobre mamíferos carnívoros.

Não quero ler sobre o retrato de um castrato.

Não quero ler este poema:
("… e assim fiquei/ à beira d'água, entre eletrólitos…")

Quero ler sobre a história dos quipos dos incas.

Não quero ler sobre:
a história dos pandas na China
um dicionário das mulheres em Shakespeare

Quero ler sobre:
o tatu-bola
o abelhão

Não quero ler sobre Ronald Reagan.

Não quero ler este poema:
("De que serve ficar sentado no ônibus/ furioso?")

Quero ler sobre a criação do musical *South Pacific*:
("Este estudo dará uma contribuição valiosa para a história ainda inconclusa dos musicais da Broadway")

Não me interessa a:
Coleção da Editora Oxford sobre a História Militar do Canadá

Não me interessam (ao menos não hoje):
Hitler
produções teatrais em Londres

Me interessam:
a psicologia da mentira
Anne Carson sobre a morte de seu irmão
escritores franceses admirados por Proust
os poemas de Catulo
traduções do sérvio

Não me interessa:
a criação da Estátua da Liberdade

Me interessam:
cerveja
a Prússia Oriental depois da Segunda Guerra
filossemitismo

Não me interessa:
o arcebispo da Cantuária

Não me interessa este poema:
("A luz deslumbra da relva/ sobre a duna carnal...")

Não me interessam:
a aliança anglo-portuguesa
leopardos heráldicos

Me interessam:
as palestras de Borges
os *Exercícios de estilo* de Raymond Queneau
a sobrecapa na história da bibliografia:
("Pela primeira vez, a sobrecapa recebe o tratamento que lhe é devido...")

Não me interessam:
a amizade entre Elgar e Schenker
a obra de Alexander Pope
a caneta-tinteiro de T.S. Eliot

Não me interessa:
a Comissão de Auditoria

Me interessam:
o valor social do altruísmo
a construção da Pont Neuf
a história do daguerreótipo

Não me interessa:
a história cultural do censo britânico:

("É salutar constatarmos, a partir deste douto tomo, que, mutatis mutandis, estas controvérsias têm contaminado o censo desde sua criação...")

Não me interessa:
a história cultural do acordeão na América
("Aperte Aqui")

Me interessa:
o Museu do Cortador de Grama em Southport

Não me interessam:
a história da crítica de televisão na Grã-Bretanha
a moda nos prêmios da Academia:
("Como a etiqueta no trajar mudou desde a criação dos prêmios Oscar em 1928")

Não me interessa:
Anacaona: As incríveis aventuras da primeira banda só de mulheres de Cuba

Sempre (ou quase sempre) me interessam:
a NB do JC e as peripécias no Porão do Labirinto

Não me interessam — não, na verdade talvez me interessem:
a história da diplomacia
a autobiografia de Laura Bush

Anotações durante uma longa conversa telefônica com minha mãe

    para o verão   ela precisa
    vestido bonito   algodão

    algodão   oãdogla
        aldãogo
        goldãoa
                dalgooã
        gladoão   glãodoa
        dãoalgo
        oglaoãd

Homens

Há também homens no mundo. Nos esquecemos, às vezes, e pensamos haver apenas mulheres — infinitas colinas e planícies de mulheres lassas. Fazemos piadinhas e nos consolamos umas às outras e nossa vida passa fugaz. Mas de vez em quando, é verdade, um homem emerge inesperadamente entre nós, como um pinheiro, e nos olha selvagem, e nos dispersa correndo, claudicantes, desaguando em enchentes, escondendo-nos em cavernas e desfiladeiros até que ele parta.

Emoções negativas

Um professor bem-intencionado, inspirado por um texto que estava lendo, mandou certa vez uma mensagem sobre emoções negativas para todos os outros professores da sua escola. A mensagem consistia inteiramente em citações tiradas de conselhos de um monge budista do Vietnã.

A emoção, dizia o monge, é como a tempestade: estaciona por um tempo e depois passa. Ao perceber uma emoção (como se percebe a chegada de uma tempestade), devemos nos colocar numa posição estável: nos sentar ou deitar. Devemos focar em nosso abdome, focar, especialmente, na área logo abaixo do umbigo, e praticar a respiração consciente. Se for possível identificar que o que sentimos é de fato uma emoção, isso pode nos ajudar a lidar com ela.

Os outros professores ficaram confusos. Não entenderam por que o colega havia mandado uma mensagem sobre emoções negativas. Não gostaram da insinuação, e passaram a não gostar também do colega. Acharam que ele estava os acusando de ter emoções negativas e de precisar de conselhos sobre como lidar com elas. Alguns ficaram, inclusive, irritados.

Os professores não quiseram perceber sua irritação como uma tempestade que chega. Preferiram não focar nos seus abdomes. Tampouco focaram na região logo abaixo do umbigo. Em vez disso, responderam imediatamente declarando que, como não entenderam por que ele enviara a mensagem, ela os enchera de emoções negativas. Disseram que seria necessária muita prática de respiração consciente para livrá-los de todas as emoções negativas causadas pela mensagem. No entanto, continuaram, não pretendiam realizar essa prática. Longe de ficar perturbados por estarem tão tomados por emoções negativas, na verdade gostavam de ter emoções negativas, especialmente aquelas a respeito dele e da sua mensagem.

Estou bem, mas poderia estar um pouquinho melhor

Estou cansada.

As pessoas na minha frente estão demorando muito para escolher o sabor do sorvete.

Meu dedão está doendo.

Tem um homem tossindo durante o concerto.

A ducha está um pouco fria demais.

O trabalho que tenho para fazer hoje de manhã é difícil.

Nos sentaram muito perto da cozinha.

A fila dos correios está comprida demais.

Estou com frio sentada aqui no carro.

O punho do meu suéter está úmido.

O chuveiro está sem pressão.

Estou com fome.

Eles estão brigando outra vez.

Esta sopa é insossa.

Minha laranja-lima está um pouco seca.

Não consegui sentar no trem sem ninguém ao meu lado.

Ele está me fazendo esperar.

Eles foram embora e me deixaram sozinha à mesa.

Ele diz que minha respiração é incorreta.

Preciso ir ao banheiro, mas tem alguém lá.

Estou um pouco tensa.

Minha nuca está dormente.

O gato está com micose.

A pessoa atrás de mim no trem está comendo algo que cheira muito mal.

Está quente demais naquela sala para eu praticar piano.

Ele me liga quando estou trabalhando.

Comprei creme azedo por engano.

Meu garfo é curto demais.

Estou tão cansada que minha aula não vai correr bem.

Esta maçã está com manchas marrons.

Pedi um muffin seco de milho, mas quando chegou não estava seco.

Ele mastiga tão alto que tenho que ligar o rádio.

Pesto é difícil de misturar.

A verruga no meu dedo voltou a crescer.

Não posso comer ou beber nada hoje de manhã por causa do exame.

Ela estacionou seu Mercedes em frente à minha garagem.

Pedi um muffin de aveia e passas levemente tostado, mas não veio levemente tostado.

A água do meu chá demora demais para ferver.

A costura na ponta da minha meia está torta.

Está frio demais naquela sala para eu praticar piano.

Ele não pronuncia palavras estrangeiras corretamente.

Meu chá tem leite demais.

Estou há muito tempo na cozinha.

Minha meia nova está babada de gato.

Meu assento não tem costas.

O liquidificador está vazando no fundo.

Não consigo me decidir se continuo ou não a ler este livro.

Perdi a vista do rio da janela do trem porque ficou escuro.

As framboesas estão azedas.

O moedor de pimenta não mói muito bem.

O gato fez xixi no meu telefone.

Meu Band-Aid está molhado.

Na loja não tem mais café descafeinado sabor avelã.

Meus lençóis se embolam todos na máquina de lavar.

O bolo de cenoura está um pouco solado.

Quando torro o pão de passas, as passas ficam muito quentes.

A pele do meu nariz está um pouco seca.

Estou com sono, mas não posso ir para a cama.

O sistema de som da sala de exames está tocando música folclórica.

Não estou com vontade de comer aquele sanduíche.

Tem um novo homem do tempo no programa de rádio.

Agora que as folhas das árvores caíram, dá para ver o novo deque dos vizinhos.

Acho que não gosto mais da minha colcha.

No restaurante estão tocando sem parar as mesmas músicas de soft rock.

A armação dos meus óculos está fria.

Tem queijo de Saint-André na bandeja de queijos, mas eu não posso comer.

O tique-taque do relógio está muito alto.

Julgamento

Em que minúsculo espaço a palavra "julgamento" pode ser comprimida: precisa caber no cérebro de uma joaninha enquanto ela, diante dos meus olhos, toma uma decisão.

Os bancos da igreja

história a partir de Flaubert

Louis está indo à igreja em Mantes para ver os bancos. Ele os examina com muito cuidado. Quer descobrir o máximo possível sobre os donos ao examinar seus bancos de igreja, diz. Começou com o banco de uma senhora a quem chama de Madame Fricotte. Talvez o nome estivesse escrito no espaldar. Ela deve ser bastante robusta, ele diz — o assento tem reentrâncias profundas, e o genuflexório foi reforçado em alguns lugares. Seu marido deve ser rico, já que o estofado é em veludo vermelho com tachas de latão. Ou então, ele acha, ela deve ser viúva de um homem rico, porque não há um banco para o Monsieur Fricotte — a não ser que ele seja ateu. Na verdade, talvez a Madame Fricotte, se for de fato viúva, esteja procurando um marido novo, uma vez que o espaldar de seu assento está bastante manchado de tinta de cabelo.

A criação do meu amigo

Estamos numa clareira, à noite. De um lado, quatro deusas egípcias gigantescas estão posicionadas de perfil e iluminadas por trás. Formas escuras humanas entram na clareira e deslizam por sobre as silhuetas. A lua está colada contra o céu escuro. No alto de um poste tem um homem risonho que canta e toca flauta. De vez em quando, ele desce do poste. Ele é uma criação do meu amigo, que me pergunta, "O que ele deve cantar?".

sonho

O piano

Estamos para comprar um piano novo. Nosso velho piano de armário está com uma rachadura na caixa de ressonância, além de outros defeitos. Gostaríamos que a loja de pianos o consertasse para revender, mas eles dizem que está danificado demais e ninguém vai querer comprar. Dizem que terão que jogá-lo de um penhasco. Funciona assim: Dois motoristas de caminhão levam o piano até um lugar remoto. Um deles caminha pela trilha na direção oposta enquanto o outro empurra o piano do penhasco.

sonho

A festa

Eu e um amigo estamos a caminho de uma espécie de festa formal. Estou no carro de alguém que não conheço mas que me é vagamente familiar. Meu amigo está na frente, em outro carro, um carro branco. Dirigimos pelo que parecem horas por ruas desertas, na direção de uma colina fora da cidade. Perdemos o caminho toda hora e temos que parar para pedir ajuda porque o mapa que nos deram é impreciso e difícil de ler.

Por fim chegamos ao alto de uma ruela íngreme, passamos um portão, subimos por uma vereda cheia de curvas iluminada por lanternas colocadas em meio às árvores e paramos diante de um grandioso moinho de vento, todo de pedra, banhado em luz. Deixamos os carros e atravessamos o pátio de cascalho passando por várias fontes ruidosas, rumo à entrada. Os subúrbios da cidade se estendem ao longe, e também ao fundo. Entramos no moinho. Lá, uma mulher baixinha, de preto e branco, nos guia por uma escadaria caiada, por corredores, contornando cantos e fazendo curvas, descendo afinal a um último lance de escada formado por degraus mais largos.

Ao fundo abre-se uma vasta sala circular, o teto de vigas sumindo na escuridão. Ocupando quase toda a sala e tornando diminutos os convidados que chegaram antes de nós, há um colossal carrossel, imóvel, cruzado por potentes fachos de luz: cavalos brancos, quatro a quatro, atrelados a carruagens abertas, balançam para a frente e para trás sobre suas bases; um navio com duas figuras de proa ergue-se alto por entre ondas verdes estáticas. Em volta do carrossel, os convidados recuam, bebericando champanhe com sorrisos tímidos.

Estamos tão surpresos que ainda não entramos completamente na sala, paramos na base da escada. Entretanto, embora o carrossel não esteja em movimento, o órgão a vapor começa a zurrar e gorgolejar com um barulho ensurdecedor, e a sala estremece. Uma mulher com uma bolsa pendurada no braço aproxima-se de um dos cavalos e fixa diretamente o seu olho esbugalhado. Um por um, os convidados sobem no carrossel, não com vontade nem alegria, mas com temor.

sonho

As vacas

A cada novo dia, quando aparecem por trás do estábulo, é como se fosse o segundo ato, ou o começo de uma peça inteiramente nova.

Surgem marchando por trás do estábulo com seu passo rítmico, cheias de graça, e é uma ocasião importante, como a abertura de um desfile.

Às vezes a segunda e a terceira saem em procissão solene, enquanto a primeira para e fica olhando fixo para a frente.

Saem de trás do estábulo como se fosse acontecer alguma coisa, e aí não acontece nada.

Ou então abrimos a cortina cedinho e já estão lá, ao sol da manhã.

São de um preto profundo, quase nanquim. Um preto que engole a luz.

Seus corpos são inteiramente pretos, mas têm manchas brancas na cara. Em duas as manchas brancas são grandes, como uma máscara. A terceira tem apenas uma manchinha do tamanho de uma moeda, na testa.

Ficam imóveis até começarem a se mexer novamente, uma pata, e depois outra — dianteira, traseira, dianteira, traseira —, e param em outro lugar, mais uma vez imóveis.

É comum ficarem inteiramente estáticas. E, no entanto, quando levanto os olhos alguns minutos depois, estão em outro lugar, mais uma vez inteiramente estáticas.

Quando estão as três reunidas no outro lado do pasto, perto do bosque, formam uma massa escura, irregular, com doze patas.

É comum ficarem todas juntas, emboladas, no pasto grande. Às vezes, porém, ficam apartadas uma da outra, a espaços regulares, no capinzal.

Hoje, duas aparecem por trás do estábulo, só pela metade, e ficam paradas. Passam-se dez minutos. Agora aparecem por inteiro, mas continuam paradas. Passam-se mais dez minutos. Agora a terceira saiu e estão as três em fila, paradas.

A terceira sai para o pasto vinda de trás do estábulo quando a primeira e a segunda já escolheram seus lugares, bem longe uma da outra. Ela pode escolher ficar com qualquer uma das duas. Vai diretamente para a que está no canto mais distante. Será que prefere a companhia daquela vaca, ou prefere aquele canto, ou é mais complexo que isso — talvez o canto pareça mais interessante devido à presença daquela vaca em particular?

A concentração delas é absoluta, quando olham para o outro lado da estrada: estão estáticas, e viradas para nós.

Só porque estão tão paradas, parecem assumir uma atitude filosófica.

Eu as vejo em geral pela janela da cozinha, por cima da cerca viva. Minha visão delas é limitada dos dois lados por árvores frondosas. Me surpreende o fato de que seja tão fácil ver as vacas, já que a porção de cerca viva por sobre a qual as vejo tem só um metro de comprimento e, o que é ainda mais intrigante, se eu estender o braço diante de mim, o campo de visão em que estão pastando é do tamanho de meio dedo. E todavia esse campo de visão contém uma vasta parte do pasto, uma área de centenas de metros quadrados.

As patas daquela lá estão se movendo, mas, como ela está virada para nós, dá a impressão de estar parada no mesmo lugar. No entanto, vai ficando maior, de modo que deve estar vindo na nossa direção.

Uma está em primeiro plano, com duas um pouco atrás, no plano médio, entre a primeira e o bosque. No meu campo de visão as duas ocupam juntas no plano médio o mesmo espaço que a outra ocupa no primeiro plano.

Como são três, uma pode ficar vendo o que as outras duas fazem juntas.

Ou, como são três, duas podem se preocupar com a terceira, por exemplo, a que está deitada. Elas se preocupam mesmo que seja normal ela estar deitada, normal todas elas passarem muito tempo deitadas. Agora as duas preocupadas ficam de pé formando um ângulo, com os focinhos encostados na deitada, até ela se levantar.

Elas têm quase o mesmo tamanho, porém uma é a maior, uma a média, e uma a menor.

Uma acha que tem uma boa razão para ir ligeiro até a outra ponta do pasto, mas a outra acha que não, e fica onde está.
Inicialmente fica onde está, enquanto a outra parte ligeiro, mas depois muda de ideia e segue a primeira.
Segue a primeira, mas hesita no meio do caminho. Esqueceu aonde estava indo ou perdeu o interesse? Ela e a outra estão de pé, em paralelo. Ela olha direto para a frente.

É muito comum pararem e olharem em torno lentamente, como se nunca tivessem estado aqui antes.
Mas de repente, num arroubo de emoção, ela dá uns trotinhos.

Vejo apenas uma vaca, perto da porteira. Ao chegar perto, vejo parte de uma segunda vaca: uma orelha aparecendo de soslaio pela porta do estábulo. Logo, eu sei, vai aparecer a cara toda, me olhando.

Não se decepcionam conosco, ou se esquecem de ficar decepcionadas. Se um dia, quando não tivermos nada para lhes oferecer, elas perderem o interesse e forem embora, terão esquecido sua decepção já no dia seguinte. Sabemos disso porque se viram na nossa direção assim que aparecemos e não desviam mais o olhar.

Às vezes avançam em grupo, se revezando.

Uma ganha coragem da que vem na frente e avança alguns passos, ultrapassando-a um pouquinho. Agora a que estava lá atrás ganha coragem da que está na frente e avança também, até que seja ela a líder. E assim, uma ganhando coragem da outra, elas avançam, em grupo, em direção desta coisa estranha diante delas.

Nesse sentido, agindo como uma entidade única, lembram o bando de pombos que vemos volta e meia sobre a estação de trem, girando e volteando no céu, continuamente, tomando decisões imediatas em grupo a respeito de seu próximo destino.

Quando nos aproximamos, ficam curiosas e chegam perto. Querem nos ver e nos cheirar. Antes de nos cheirar, sopram com força para limpar as narinas.

Gostam de lamber — a mão ou a manga da roupa das pessoas, ou a cabeça ou os ombros de outra vaca. E gostam de ser lambidas: ao ser lambida, ela fica bem quieta, com a cabeça ligeiramente baixa e um ar de profunda concentração nos olhos.

Uma pode ficar com ciúme da que está sendo lambida: enfia a cabeça por baixo do pescoço esticado da que está lambendo, e dá cabeçadas até as lambidas cessarem.

Duas estão de pé, pertinho uma da outra: agora mudam de posição simultaneamente, e param de novo, como se estivessem seguindo instruções de um coreógrafo.

Agora se deslocam de maneira que há uma cabeça em cada ponta e dois conjuntos compactos de patas no meio.

Depois de ficar com as outras formando um aglomerado por um tempinho, uma delas perambula sozinha até o outro lado do pasto: neste momento, parece ter vontade própria.

Deitada, vista de flanco, cabeça para cima, patas dobradas diante de si, ela forma um longo triângulo acutângulo.

A cabeça, vista de lado, é praticamente um triângulo isósceles, com uma parte rombuda onde fica o focinho.

Num momento de capricho solitário, ao atravessar o pasto à frente do grupo, ela pinoteia uma vez, depois dá um coice.

Duas estão começando um animado jogo de cabeçadas quando passa um carro e elas param para olhar.

Ela dá pinotes, jogando o corpo rígido para a frente e para trás. Isso anima a outra a cabecear com ela. Quando cessam de cabecear, a outra põe o focinho de volta no chão e a primeira fica parada, olhando para a frente, como se tentando entender o que acabou de fazer.

Tipos de brincadeira: cabeçadas; montar, ou por trás ou pela frente; trotar sozinha; trotar em grupo; partir dando pinotes e coices sozinha; descansar a cabeça e o peito no chão até as outras notarem e se aproximarem; rodar em círculos em volta umas das outras; tomar posição para cabecear e aí não cabecear.

Ela muge em direção ao bosque na colina ao fundo do pasto, e o som volta. Muge novamente, em falsete. É um som minúsculo que sai de um animal tão enorme e preto.

Hoje estão posicionadas certinho uma atrás da outra em fila, cabeça contra cauda, acopladas feito vagões de trem, a primeira olhando reto para a frente como os faróis de uma locomotiva.

A forma de uma vaca preta, vista de frente: um oval preto

liso, mais largo em cima e afunilando embaixo até a extremidade muito fina, como uma lágrima.

Quietas agora, traseiro contra traseiro, estão de frente para três dos quatro pontos cardeais.

Às vezes, uma assume a posição de defecar, a cauda alta desde a base, formando uma curva em S, como o cabo de uma bomba d'água.

Parecem estar de sentinela esta manhã, mas é a junção de duas coisas: a estranha luz amarela que precede a tempestade e suas expressões alertas ao ouvirem o som do pica-pau.

Espaçadas a intervalos regulares sobre o capim já meio amarelado e pálido, como sempre no final do outono, uma, duas e três, elas estão tão quietinhas e suas patas parecem tão finas em comparação com o resto do corpo, que vistas de lado às vezes lembram espetos, e nos dão a impressão de estarem fincadas na terra.

Como ela é flexível quando necessário: consegue alcançar lá na frente, com um dos cascos traseiros, um pontinho dentro da orelha onde tem coceira.

É a cabeça baixa que a faz parecer menos nobre que um cavalo, digamos, ou um veado surpreendido na floresta. Mais precisamente, é a cabeça baixa junto com o pescoço. Quando ela está parada, o topo da cabeça fica na mesma altura, ou até mais baixo, que o dorso, e assim parece que está de cabeça baixa por desânimo, vergonha ou humilhação. Ela tem certo ar parvo e humilde. Mas essas são todas falsas impressões.

Ele nos diz: Elas na verdade não fazem muita coisa.
E acrescenta: Mas o fato é que não tem muita coisa para elas fazerem.

A elegância delas: ao andar, são mais elegantes se vistas de flanco que de frente. De frente, balançam um pouquinho de um lado para outro.

Quando andam, suas patas dianteiras se movem de maneira mais elegante que as traseiras, que parecem mais rígidas.

As patas dianteiras parecem mais elegantes porque sobem formando uma curva, enquanto as traseiras formam uma linha angulosa, como um raio.
Todavia, talvez as patas traseiras, ainda que menos elegantes do que as dianteiras, sejam mais nobres.

É por causa da maneira como as articulações das patas funcionam: enquanto as duas articulações inferiores das patas dianteiras se dobram na mesma direção, e assim a pata se ergue formando uma curva, as articulações inferiores da pata traseira dobram-se em direções opostas, levando à formação de dois ângulos opostos quando a pata se ergue, o inferior um ângulo suave, que aponta para a frente, e o superior um ângulo agudo, virado para trás.

Agora, porque é inverno, elas não pastam. Ficam só paradas olhando em volta ou, vez por outra, andando de lá para cá.

É uma manhã muito fria, em torno de quinze graus negativos, mas faz sol. Duas delas ficam bem quietinhas, cabeça com cauda, por um tempão, orientadas leste-oeste. Estão provavelmente assim para receber o sol no flanco, e se aquecer.

Se decidirem mudar de posição, será porque já se aqueceram, porque estão duras de frio, ou porque se entediaram?

Às vezes formam uma massa negra, uma mancha escura em contraste com a neve, com uma cabeça de cada lado e muitas patas no meio.

Ou as três, vistas de perfil, todas olhando na mesma direção, ombro a ombro, formam uma só vaca com três cabeças, duas para cima e uma para baixo.

Às vezes o que vemos em contraste com a neve são as protuberâncias — protuberâncias de orelhas e focinhos, de ancas ossudas, ou os ossos pontiagudos do topo da cabeça ou das espáduas.

Quando está nevando, também neva sobre elas como sobre as árvores e o pasto. Às vezes ficam tão imóveis quanto as árvores ou o pasto. A neve se acumula em montinhos no dorso e na cabeça delas.

Tem nevado muito ultimamente, e está nevando ainda. Quando chegamos perto da cerca, vemos que trazem uma camada de neve no dorso. A cara delas também carrega uma camada de neve, e tem até uma fina linhazinha de neve em cada um dos bigodes em torno da boca. A neve na cara é tão branca que o branco das manchas, que antes parecia tão branco contra o preto, agora ficou amarelo.

Contra a neve, ao longe, caminhando bem apartadas nesta direção, parecem riscos espessos feitos com caneta.

Dia de inverno: Primeiro, um menino brinca na neve no mesmo pasto onde estão as vacas. Depois, fora do pasto, três meninos jogam bolas de neve num quarto menino, que passa por eles de bicicleta.

Enquanto isso, as três vacas estão em fila, uma tocando na outra, como uma grinalda de bonecas de papel.

Agora os meninos começam a jogar bolas de neve nas vacas. Um vizinho que observa a cena comenta: "Era só uma questão de tempo".

Mas as vacas se limitam a afastar-se dos meninos.

Ficam tão pretas em contraste com a neve branca e estão tão amontoadas que não sei se são três lá no meio, ou somente duas — deve haver mais que oito patas naquela penca, não?

Ao longe, uma faz uma reverência na neve; as outras duas assistem, depois começam a trotar em direção a ela, passando rapidamente a um galope curto.

Do outro lado do pasto, junto ao bosque, elas avançam da direita para a esquerda e, por estarem onde estão, seus corpos escuros desaparecem contra o bosque escuro, deixando apenas as patas visíveis em contraste com a neve — gravetos negros reluzindo sobre o fundo branco.

Elas são muitas vezes como um problema de matemática: duas vacas deitadas na neve, mais uma vaca de pé olhando para a colina, igual a três vacas.

Ou: uma vaca deitada na neve, mais duas vacas de pé olhando para nossa casa, do outro lado da estrada, igual a três vacas.

Hoje, estão as três deitadas.

Estes dias, no auge do inverno, passam muito tempo largadas na neve.

Será que ela se deita porque as outras duas se deitaram, ou será que as três se deitam porque acham que está na hora de se deitarem? (É logo depois do meio-dia, num dia frio de início de primavera, com sol entre nuvens e sem neve no solo.)

Será que a forma dela deitada, vista de flanco, parece mais uma descalçadeira vista de cima?

É difícil acreditar que uma vida possa ser tão simples, mas é mesmo simples. É a vida de um ruminante, um ruminante doméstico protegido. Se ela tivesse um bezerro, contudo, a vida seria mais complicada.

As vacas no passado, no presente e no futuro: Pareciam muito pretas em contraste com o capim amarelado do outono. Depois, pareciam muito pretas em contraste com o branco da neve no inverno. Agora, parecem muito pretas em contraste com o capim novo do início da primavera. Logo, parecerão muito pretas em contraste com o capim verde-escuro do verão.

Duas estão grávidas, provavelmente há muitos meses. Mas é difícil saber ao certo, porque elas são colossais sempre. Só saberemos quando o bezerro nascer. E depois que ele nascer, apesar de que ele será bastante grande, a vaca continuará colossal, exatamente como antes.

Os ângulos da vaca ao pastar, vista lateral: das ancas ossudas até as espáduas, há um leve declive, quase imperceptível; e então, das espáduas até a ponta do focinho, já no capim, um declive bem pronunciado.

A posição, ou a própria forma, da vaca pastando, quando vista de perfil, é elegante.

Por que elas costumam pastar de perfil para mim, e não de frente, ou de costas? Será que é para poderem espiar o bosque, de um lado, e a estrada, do outro? Ou será que o trânsito na estrada, ainda que escasso, da direita para a esquerda e da esquerda para a direita, as influencia a ponto de elas quererem pastar paralelamente a ele?

Ou talvez não seja verdade que elas pastam de perfil para mim, talvez eu é que preste atenção só quando elas estão nessa posição. Afinal, quando estão assim perfeitamente alinhadas margeando a estrada, a maior superfície do corpo delas está visível; logo que o ângulo muda, vejo menos delas até não ver quase nada, ou ver a menor superfície possível, quando estão perfeitamente alinhadas de costas, ou de frente.

Vão evoluindo morosas pelo pasto, apenas as caudas mexendo-se vivamente. Em comparação, pequenos bandos de pássaros — tão negros como elas — levantam voo e pousam em revoadas constantes atrás e em torno delas. Movimentam-se com o que nos parece alegria ou entusiasmo, mas deve ser apenas o empenho de apanhar suas presas — moscas que por sua vez decolam em alta velocidade do dorso das vacas apenas para pousar nelas outra vez.

Suas caudas não chicoteiam, exatamente, nem meneiam, e também não zumbem ao serem agitadas, pois não se ouve o zumbido. O movimento é ondulado, com um leve floreio no final, causado pela borla na ponta da cauda.

Está de cabeça baixa, e pasta num círculo de escuridão que é sua própria sombra.

Assim como achamos difícil, no nosso jardim, parar de arrancar erva daninha, porque sempre tem mais uma na nossa frente, deve ser difícil para ela parar de pastar, porque sempre tem outro broto de capim fresquinho logo adiante.

Se o capim for curto, ela o agarra direto entre os dentes; se for longo, ela o captura com um volteio da língua, puxando-o para dentro da boca.

Suas línguas compridas não são cor-de-rosa. As de duas delas são cinza-claras. A da terceira, a mais escura, é cinza-escura.

Uma delas deu à luz um bezerro. Mas na verdade sua vida não está mais complicada do que era. Ela fica parada esperando-o mamar. E o lambe.
Apenas as horas do parto, naquele dia (Domingo de Ramos), é que foram mais complicadas.

Hoje, uma vez mais, as vacas estão posicionadas simetricamente no pasto. Mas agora há uma pequena linha desgarrada e escura no capim entre elas — o bezerro dormindo.

Antes havia três calombos no pasto quando elas se deitavam para descansar. Agora há três calombos e mais um, bem pequenininho.

Não demora e ele, com três dias de vida, começa a pastar também, ou a aprender a pastar, mas ele é tão pequeno, de onde o vejo, que às vezes fica escondido por um graveto.

Quando fica sossegado, uma miniatura, com o focinho no capim igual à mãe, o corpo dele é tão pequenino e as patas tão fininhas, que parece um grampeador grosso e preto.
Quando corre atrás dela, galopa feito um cavalo de balanço.

Elas protestam, às vezes — quando ficam sem água ou não conseguem entrar no estábulo. Uma delas, a mais escura, muge num bramido perfeitamente regular vinte ou mais vezes seguidas. O som ecoa nas colinas como o alarme de incêndio do corpo de bombeiros.
Nesses momentos, ela parece ter autoridade. Mas não tem.

Nasce um segundo bezerro, de uma segunda vaca. Agora um calombinho escuro no capim é o bezerro mais velho. Outro calombinho escuro no capim, menor ainda, é o bezerro recém-nascido.

A terceira vaca não cruzou porque se recusou a entrar na van para ser levada até o touro. Aí, depois de alguns meses, queriam abatê-la. Mas ela se recusou a entrar na van para ir ao abatedouro. E assim ainda está aqui.

Outros vizinhos às vezes se ausentam, mas as vacas estão sempre aqui, no pasto. Ou então, se não estão no pasto, estão no estábulo.
Sei que se elas estiverem no pasto, e eu for até o meu lado da cerca, mais cedo ou mais tarde todas as três virão até a cerca para me encontrar.

Elas não conhecem as palavras "pessoa", "vizinho", "espiar" e nem mesmo "vaca".

Ao anoitecer, quando estamos de luz acesa, não dá para

vê-las, embora elas continuem lá, no pasto do outro lado da estrada. Se apagamos as luzes, voltamos aos poucos a vê-las.

Ainda continuam lá fora, pastando, ao anoitecer. Mas à medida que o anoitecer vira noite, e o céu sobre o bosque está azul-avermelhado, fica cada vez mais difícil ver seus corpos negros na negrura do pasto anoitecido. Até que não dá mais para ver nada, e no entanto elas ainda estão ali, pastando no escuro.

A exposição

história a partir de Flaubert

Ontem, com neve alta, fui ver uma exposição de selvagens que veio de Le Havre. Eram cafres. Os pobres negros, e seu empresário também, pareciam estar passando fome.

Pagavam-se algumas moedas para entrar. Era uma sala miserável e enfumaçada à qual se chegava subindo umas escadas. Não estava muito cheia — sete ou oito sujeitos, vestidos ainda com suas roupas de trabalho, sentados aqui e acolá em cadeiras enfileiradas. Esperamos bastante tempo. Então apareceu uma espécie de fera selvagem com uma pele de tigre nas costas dando urros tremendos. Entraram alguns outros atrás dele. Eram quatro ao todo. Subiram numa plataforma e se agacharam em torno de um caldeirão. Eram ao mesmo tempo monstruosos e esplêndidos, cobertos de amuletos e tatuagens, esqueléticos, com a pele da cor do meu cachimbo mais gasto, o rosto achatado, os dentes brancos, os olhos largos com expressões imensamente tristes, espantadas, brutalizadas. O entardecer entrando pela janela e a neve cobrindo de branco os telhados das casas envolviam a sala num manto de desolação. Senti-me como se contemplasse os primeiros homens sobre a terra — como se tivessem se materializado naquele instante e rastejassem entre sapos e crocodilos.

Um deles, uma velha, reparou em mim e veio até onde eu estava — havia, aparentemente, se tomado de amores por mim. Disse algumas coisas — afetuosas, pelo que pude perceber. E então tentou me beijar. O público assistia surpreso. Por um quarto de hora fiquei sentado ouvindo sua longa declaração de amor. Perguntei várias vezes ao empresário o que ela estava dizendo, mas ele não sabia traduzir.

Apesar de me haverem dito que eles conheciam um pouco de inglês, não pareciam entender nem uma palavra, porque quando o espetáculo finalmente terminou — para meu grande alívio — fiz-lhes algumas perguntas que eles não conseguiram responder. Fiquei satisfeito de sair daquele lugar melancólico, ainda que sem minhas botas, que perdi não sei bem onde.

O que me torna tão atraente aos néscios, loucos, imbecis e selvagens? Será que essas pobres criaturas sentem por mim certa empatia? Alguma ligação entre nós? É *infalível*. Aconteceu com os néscios de Valais, os loucos do Cairo, os monges do Alto Egito — todos me perseguiram com suas declarações de amor!

Depois, soube que quando acabou a exposição de selvagens o empresário os abandonou. Estavam em Rouen havia quase dois meses então, primeiro no Boulevard Beauvoisin, depois na Grande Rue, onde os vi. Quando fui embora, estavam morando na Rue de la Vicomté. Sua única saída foi pedir ajuda ao cônsul inglês — não sei como se fizeram entender. Mas o cônsul pagou suas dívidas — quatrocentos francos pelo hotel — e depois os colocou no trem para Paris. Tinham um compromisso na cidade — seria sua estreia em Paris.

Carta a uma fábrica de balas de menta

Caro Fabricante de Puxa-Puxa Peps da Vovó,

No último Natal, quando meu marido e eu paramos para almoçar numa mercearia sofisticada numa cidadezinha do interior, uma que atende clientes de fim de semana e também moradores e que pertence a um casal que bate boca sem parar e implica com os funcionários, e onde há uma salinha de almoço, antes de irmos embora passamos os olhos nas prateleiras de alimentos gourmet frescos e em conserva e vimos a atraente embalagem natalina de cor vermelha (aquela que os senhores nomeiam "lata") de sua Puxa-Puxa Peps da Vovó sabor menta. Adoro menta e, quando li a lista de ingredientes no rótulo e vi que não havia conservantes nem corantes nem sabores artificiais, decidi comprar as balas, uma vez que é difícil encontrar balas orgânicas. Não perguntei o preço da lata, mesmo sabendo que naquela mercearia em particular ela seria cara, isso porque, com a chegada do Natal, eu estava disposta a esbanjar um pouco. Quando fui pagar, contudo, fiquei chocada com o preço, que era $15 por uma lata de balas de menta, peso líquido treze onças (369 gramas). Após um momento de hesitação, comprei assim mesmo, em parte pelo constrangimento diante da caixa impaciente e de cara fechada e em parte porque não queria abrir mão das balas. Ao chegarmos em casa, li sua advertência jocosa, impressa no pote, a respeito de deixar a bala amolecer na boca antes de mordê-la. Os senhores dizem: "Seus dentes lhe agradecerão!". Sim, é bem verdade que as balas de menta parecem macias mas têm a rigidez do ferro quando mordidas. Quando finalmente comi uma, mastiguei-a com cuidado e muita dificuldade. A bala acomodou-se muito mal na minha boca, uma vez que ficava grudando ora num dente ora noutro. Devo dizer logo, contudo, que o gosto era muito bom. O motivo da minha carta não é o sabor ou a dificuldade de mastigação, mas a quantidade de balas no pote. Quando abri, e antes ainda de comer uma bala sequer, notei que elas não pareciam muito compactadas. A lata estava cheia até a borda, mas as balas estavam bastante soltas. Olhei mais uma vez a lista de ingredientes. Vi que os senhores alegavam que a porção tinha seis unidades e especificavam que havia "em torno" de doze porções e meia por pote. Fiz as contas e calculei que o pote deveria conter "em torno" de 74 unidades. Francamente, não creio que houvesse 74 balas ali. Depois de contar isso a minha família, decidimos fazer uma aposta sobre o número de balas. A minha foi 64 unidades. Meu marido, confiando mais nas afirmações da sua empresa, apostou setenta. Meu filho, sendo um adolescente e portanto mais ousado, apostou que haveria não mais que cinquenta balas. Enfim, contamos todas, na mesa de jantar, e sabe quem ganhou? Sinto muito informar que foi o meu filho. Havia apenas 51 balas no pote (ou lata)! Francamente, entenderia se fossem setenta ou mesmo 66, mas 51 unidades é apenas dois terços, aproximadamente, do número de unidades que os senhores alegam haver na lata. Não consigo entender por que os senhores fariam uma alegação tão enganosa. Acabo de fazer um cálculo, só de curiosidade, para ver se o que dizem a respeito do peso líquido das balas de menta também não é um exagero. Os senhores dizem que o peso líquido é 369 gramas. No entanto, isso também daria 74 unidades, arredondando, e já que não são 74 unidades mas 51, o peso líquido das balas está mais próximo de 255 gramas. Não há como verificar isso pesando as balas porque agora já comemos todas. Estavam deliciosas, mas estamos nos sentindo ludibriados, ou deveria dizer... roubados? Os senhores poderiam explicar a discrepância?

Atenciosamente.

P.S.: Isso também significa que no momento da aquisição esbanjei muito mais do que pretendia. Treze onças a $15 teria sido mais ou menos $18/libra; oito onças a $15 é $30/libra!

Sua geografia: Illinois

Ela sabe que está em Chicago.
Mas ainda não percebeu que está em Illinois.

IV

Ödön von Horváth caminhando

Ödön von Horváth estava uma vez caminhando nos Alpes Bávaros quando encontrou, a certa distância da trilha, o esqueleto de um homem. O homem era claramente um excursionista, já que estava ainda com sua mochila nas costas. Von Horváth abriu a mochila, praticamente nova. Dentro, encontrou um suéter e outras roupas; um saquinho com os restos do que um dia fora comida; um diário; e um cartão-postal dos Alpes Bávaros, pronto para ser enviado, e que dizia, "Estou me divertindo muito".

No trem

Estamos unidos, eu e ele, mesmo não nos conhecendo, contra as duas mulheres no assento da frente, falando tão alto e sem parar, uma de cada lado do corredor. Falta de educação. Fazemos cara feia.

Mais tarde durante a viagem olho para ele (do outro lado do corredor) e o vejo tirando meleca. Quanto a mim, estou pingando todo o tomate do meu sanduíche no jornal. Maus hábitos.

Não faria este relato se fosse eu que estivesse tirando meleca. Viro-me novamente em sua direção e ele ainda está tirando meleca.

Quanto às mulheres, estão agora sentadas lado a lado tranquilas, em perfeita ordem, uma lendo uma revista, a outra um livro. Irrepreensíveis.

O problema do aspirador de pó

Um padre vem nos visitar daqui a pouco. Ou talvez sejam dois padres.

Mas a empregada deixou o aspirador de pó no corredor, bem em frente à porta.

Já pedi duas vezes que ela tirasse o aspirador dali, mas ela não tira.

Eu é que não vou tirar.

Um dos padres, eu sei, é o reitor da Patagônia.

As focas

Sei que deveríamos estar felizes neste dia. Que estranho. Quando somos jovens, em geral somos felizes, ou ao menos abertos à ideia da felicidade. Aí envelhecemos e começamos a ver as coisas com mais clareza e os motivos para sermos felizes tornam-se escassos. Também começamos a perder as pessoas, a família. Os nossos não eram necessariamente fáceis, mas eram nossos, a parte que nos cabe. Éramos cinco, na verdade, como uma mão de pôquer — nunca tinha pensado nisso antes.

Atravessamos o rio e entramos em Nova Jersey, estaremos na Filadélfia daqui a uma hora, saímos da estação na hora certa.

Estou pensando especialmente nela — mais velha que eu e mais velha que nosso irmão, e muitas vezes responsável por nós, sempre a mais responsável, ao menos até ficarmos adultos. Quando virei adulta, ela já tinha um filho. Na verdade, quando eu fiz vinte e um ela já tinha as duas.

Não penso muito nela normalmente, porque não gosto de ficar triste. Suas bochechas pronunciadas, a pele macia, suas lindas feições, os olhos grandes, a pele clara, o cabelo louro, pintado mas com um pouco de branco ainda. Ela sempre parecia um pouco cansada, um pouco triste, quando fazia uma pausa no meio de uma conversa, quando parava um pouco, principalmente em fotografias. Procurei por toda parte uma foto em que ela não estivesse cansada ou triste, mas não encontrei.

Disseram que ela parecia jovem e tranquila no seu coma, dia após dia. Foi se prolongando — ninguém sabia exatamente quando acabaria. Meu irmão falou que havia um brilho no rosto dela, uma camada acetinada — ela estava suando um pouco. A ideia era deixá-la respirar sozinha, com um pouco de oxigênio, até parar. Não cheguei a vê-la em coma, não a vi no final. Me arrependo, agora. Achei melhor ficar com nossa mãe, segurando sua mão, até o telefone tocar. Ou ao menos essa foi a desculpa que dei a mim mesma, na época. O telefonema chegou no meio da noite. Minha mãe e eu nos levantamos da cama, e depois ficamos ali, de pé, juntas, no meio da sala escura, a única luz vindo da rua, dos postes de luz.

Sinto tantas saudades dela. Talvez a gente sinta mais saudades das pessoas quando não consegue definir que relacionamento temos com elas. Ou quando o relacionamento parece inacabado. Quando eu era pequena, achava que amava mais a ela que a nossa mãe. Depois ela saiu de casa.

Acho que ela saiu assim que terminou a faculdade. Se mudou para a cidade. Eu devia ter uns sete anos. Tenho algumas lembranças dela naquela casa, antes de se mudar. Lembro dela tocando clarineta na sala, lembro dela de pé ao lado do piano, um pouco inclinada para a frente, os lábios formando um bico em volta do bocal do instrumento, os olhos na partitura. Ela tocava muito bem naquela época. Havia sempre pequenos dramas familiares a respeito das palhetas de que ela precisava para sua clarineta. Anos depois, a quilômetros dali, quando eu a visitava, ela tirava a clarineta da caixa, depois de ficar tempos sem praticar, e tentávamos tocar algo juntas, tateando, entre acertos e erros. Às vezes era possível ouvir o som profundo e redondo que ela aprendera, e seu sentido perfeito da melodia; os músculos, no entanto, tinham enfraquecido e por vezes ela perdia o controle. O instrumento guinchava, ou ficava mudo. Ao tocar, ela forçava o ar para dentro do bocal, apertando com força, e então, quando havia uma pausa, baixava o instrumento por um momento, expelia o ar de uma só vez, e depois inspirava rapidamente antes de recomeçar.

Lembro quando o piano estava na nossa casa, naquela sala comprida, de teto baixo, à sombra dos pinheiros que ficavam defronte às janelas da fachada, com o sol entrando pelas janelas laterais, que davam para o pátio ensolarado, onde roseiras cresciam encostadas nas paredes da casa e os canteiros de íris ficavam no meio do gramado, mas não lembro dela naquelas férias de fim de ano. Talvez ela não tenha vindo. Morava longe demais para vir com frequência. Tínhamos pouco dinheiro, de maneira que não devia sobrar muito para passagens de trem. E talvez ela não quisesse voltar com frequência. Eu não teria entendido isso na época. Disse a nossa mãe que entregaria todos os poucos dólares que tinha economizado para que ela viesse nos visitar. Estava falando muito sério, achei que ajudaria, mas nossa mãe apenas sorriu.

Sentia tanta falta dela. Quando vivia em casa, ela muitas vezes tomava conta de nós, de mim e do meu irmão. No dia em que nasci, naquela tarde quente de verão, foi ela que ficou com meu irmão. Deixaram os dois no parque de diversões e ela o acompanhou nos brinquedos por horas e horas, os dois com calor e cansados e com sede, naquele parquinho de diversões na várzea onde três anos mais tarde vimos os fogos de artifício. Minha mãe e meu pai estavam a quilômetros dali, do outro lado da cidade, no hospital no alto da colina.

Quando eu tinha dez anos, o resto da família também se mudou para a mesma cidade onde ela vivia, e por alguns anos moramos todos perto. Ela vinha de vez em quando ao nosso apartamento e ficava um pouco, mas acho que não vinha muito, e realmente não entendo por quê. Não lembro de refeições em família com ela, não lembro de passeios na cidade juntos. No apartamento, ela escutava com atenção enquanto eu praticava piano. Dizia quando eu errava a nota, mas às vezes estava enganada. Me ensinou a primeira palavra em francês: me fez repetir até eu acertar a pronúncia. Nossa mãe já se foi também, por isso não posso perguntar por que não a víamos com mais frequência.

Ela não dará mais nenhum presente com temas de bicho. Não dará mais presente nenhum.

Por que aqueles presentes com temas de bicho? Por que queria me fazer pensar nos bichos? Uma vez ela me deu um móbile de pinguins de porcelana — por quê? Outra vez, uma gaivota feita de madeira de balsa que, pendurada num barbante, abanava as asas com o vento. Outra vez, um pano de prato com texugos. Esse eu ainda tenho. Por que texugos?

De Trento para o Mundo — leio pela janela. Quantos slogans publicitários vou ver pela janela hoje? Agora há postes caídos na água com todos os fios elétricos ainda pendurados — o que aconteceu, e por que foram deixados ali?

Pedem sempre aos que não têm família para trabalhar neste dia. Poderia ter dito que ia passar o dia com meu irmão, mas ele está no México.

Quatro horas, mais um pouco. Chegarei perto da hora do jantar. Vou comer no restaurante do hotel, se tiver um. É sempre mais fácil assim. A comida nunca é muito boa, mas as pessoas são simpáticas. Têm que ser, faz parte do trabalho delas. Simpatia quer dizer que às vezes elas abaixam a música quando eu peço. Ou dizem que não dá, mas com um sorriso.

Será que o amor pelos animais era algo que tínhamos em comum? Ela devia gostar de bichos ou não teria me dado todos aqueles presentes. Não tenho lembranças de como ela era com os animais. Tento lembrar dela em vários estados de ânimo: tantas vezes preocupada, volta e meia sorrindo e mais relaxada (à mesa, depois de um copo de vinho), vez ou outra rindo de uma piada, às vezes brincalhona (anos atrás, com as filhas), naqueles momentos cheia de uma súbita energia física, correndo pelo gramado atrás de alguém, sob o loureiro, no jardim murado de que seu marido cuidava com tanta paciência.

Ela se preocupava tanto. Imaginava as coisas dando errado e começava a complicar o desfecho até virar uma história muito distante daquela que lhe dera origem. Começava com previsão de chuva. Podia dizer para uma de suas filhas já adultas algo como Vai chover. Não esqueça sua capa de chuva. Se chover você pode se resfriar e aí não vai poder ir ao teatro amanhã. O que seria uma pena. O Bill ia ficar muito triste. Ele está querendo muito saber o que você acha da peça. Você e ele conversaram tanto sobre isso...

Penso muito nisso — como ela era tensa. Deve ter começado cedo, ela teve uma infância muito complicada. Três pais antes dos seis anos — ou dois, acho, se não contarmos o pai de verdade. Ele só a viu quando ela era bebê. Nossa mãe a deixava sempre com outras pessoas — uma babá, uma prima. Por uma manhã, ou um dia, geralmente, mas uma vez por muitas semanas. Nossa mãe tinha que trabalhar — era sempre por um bom motivo.

Eu não a via com frequência, passava-se muito tempo, porque ela morava longe. Quando nos encontrávamos de novo, ela punha os braços em volta de mim e me dava um abraço forte, me apertando contra seu peito macio, minha bochecha contra seu ombro. Era uma cabeça mais alta que eu, e mais larga. Eu não era apenas mais jovem, mas também menor. Ela estava sempre presente, desde que me entendo por gente. Sempre achei que estaria por perto para me proteger, ou tomar conta de mim, mesmo depois que eu crescesse. Ainda me pego pensando assim, com uma ponta de saudade, até me dar conta de que acho que uma mulher mais velha que vejo na rua, catorze anos mais velha, vai tomar conta de mim. Quando ela me soltava do abraço, estava sempre olhando para o lado ou por cima da minha cabeça, pensando em outra coisa. Depois, quando seus olhos pousavam em mim, nunca tinha certeza se ela me via. Não sabia o que ela sentia por mim, de verdade.

Qual lugar eu ocupava em sua vida? Às vezes achava que para ela, e para suas filhas, eu não tinha importância nenhuma. A sensação me tomava de repente, um vazio, como se eu nem existisse. Eram só as três, as duas meninas e ela, depois que o pai morreu, depois que o segundo marido partiu. Eu era secundária, nosso irmão também, apesar de termos sido uma parte tão importante de sua vida antes.

Nunca entendi o que ela sentia por ninguém, fora as filhas. Dava para ver como lhe faziam falta quando estavam longe, porque ficava silenciosa de repente. Ou quando estavam prestes a ir embora — da casa alugada na praia, se despedindo na varanda, o capim-da-praia cintilante, crescendo na pequena duna atrás dos carros, o cinza das telhas refletindo o sol, o cheiro de peixe e creosoto, o sol batendo na capota dos carros, depois uma porta fechando, outra porta fechando, e seu silêncio assistindo tudo isso. Era quando ela estava quieta que eu pensava ter mais acesso às suas emoções, uma maneira de espiar lá dentro, e essas ocasiões surgiam em geral por causa das filhas.

Mas acho que seus sentimentos com relação a nossa mãe foram um fardo na vida dela, ao menos quando as duas estavam juntas. Quando nossa mãe estava bem longe, talvez ela conseguisse esquecê-la. Nossa mãe estava sempre pisando nela para chegar mais longe, sempre tendo que ter razão, sempre tendo que ser melhor do que ela, do que todos nós, quase sempre. E a terrível inocência de nossa mãe ao fazer isso. Não tinha consciência do que fazia, na maior parte das vezes.

Nossa última conversa — foi um telefonema de longa distância. Ela disse que estava com dificuldade de enxergar do lado direito de seu campo de visão. Num formulário que precisou preencher, viu a palavra "data" e escreveu a data do dia, sem reparar que havia outras palavras à direita de "data", e que era para ter colocado a "data de nascimento". Conversamos mais um pouco e, mais para o fim do telefonema, eu devo ter dito alguma coisa sobre nos falarmos dali a uns dias, ou sobre manter-me informada da sua condição, isso porque, em resposta, ela disse que não queria mais falar comigo, que queria guardar todas as suas forças para falar com as filhas. Ao dizer isso, sua voz me pareceu distante, ou exausta, e ela não suavizou o que estava dizendo, nem pediu desculpas. Nunca mais nos falamos depois disso. Me senti expulsa, exilada da vida dela. Mas a frieza era o som do seu próprio medo, a preocupação com o que estava acontecendo com ela, e não algo contra mim.

Depois que ela morreu não conseguia parar de pensar nesse telefonema, tentando entender o que ela sentia por mim, tentando medir, encontrar o carinho ou o amor, medi-lo, assegurar-me dele. Ela devia ter sentimentos contraditórios com relação a mim, sua irmãzinha caçula — minha vida em família foi muito mais fácil que a dela. Provavelmente sentia um ciúme que perdurou, ano após ano, e mesmo assim ela ainda queria me ver, veio me visitar onde eu morava, dormiu no sofá da sala por duas noites, pelo menos. Veio mais de uma vez. Foi numa dessas visitas que ouvi seu radinho de pilha ligado durante metade da noite, pertinho dela na cama, falando e cantando, ou será que foi numa das casas de praia, alugadas para as férias de verão, com areia por todo lado, móveis dos outros, arte dos outros nas paredes? Tinha dificuldade em dormir, deixava o rádio ligado e lia romances de detetive até tarde da noite.

Me convidava para visitá-la e ficar na casa dela, e uma vez morei com ela, quando precisei me afastar dos meus pais. Às vezes achava que ela me acolhia por obrigação, sua irmã caçula, sempre encrencada.

Ela enviava os pacotes sempre com antecedência. Dentro do pacote, cada presente estava embrulhado em papel de seda macio, ou papel de presente mais espesso. Todas essas lembranças — ela escolhia, comprava, embrulhava em papel colorido, endereçava com sua letra grande em marcador preto diretamente no embrulho, e mandava com algumas semanas de antecedência.

Tenho consciência de que sempre dei importância demais para presentes. As festas de fim de ano eram para mim o ponto alto do ano quando eu era criança, e continuam sendo. O ano culmina nas festas e na virada do ano velho para o novo, e então o ciclo recomeça, levando novamente às festas.

A gaivota acabou num armário, com o barbante embaraçado. Vez por outra eu tentava desembaraçar, e acabei conseguindo. Pendurei-a então numa trave do estábulo com fita isolante. Depois de um tempo, no calor do verão, a fita se soltou e ela caiu.

Teve também aquele elefantinho verde de pelúcia, com lantejoulas, da Índia, bem bonitinho. Vinha com duas cordinhas, para pendurar. Pendurei numa janela e depois de um tempo o material verde de um dos lados desbotou ao sol. E uma coisa de feltro, com bolsos, para pendurar atrás da porta e colocar objetos dentro — não sei bem quais. Também tinha elefantes bordados no feltro.

Agora me lembro — ela comprava essas coisas em feiras de

artesanato em benefício de alguma organização de povos indígenas. Essa atitude estava de acordo com a sua bondade e a sua consciência, e era em parte por isso que os presentes às vezes não faziam muito sentido.

Assim, havia sempre a empolgação causada por um pacote com o nome dela chegando pelo correio. Vinha com o papel pardo um pouco gasto devido à viagem para o estrangeiro. O papel pardo era até mais encantador que os papéis de presente exatamente por ser tão sem graça, pois sabíamos que lá dentro haveria aquela explosão de pacotinhos, todos embrulhados em papel colorido.

Ela escolhia meus presentes pensando em mim, acho, mas distorcendo os fatos um pouquinho, meio otimista, pensando que eu acharia aqueles objetos úteis ou decorativos. Acho que muita gente, ao escolher um presente, distorce os fatos de maneira otimista. Não quero dizer com isso que sou contra as pessoas tentarem dar um presente diferente, de jeito nenhum, e certamente não sou contra feiras de artesanato. Agora que se passaram alguns anos, e eu também mudei, compraria meus presentes numa feira de artesanato. Nem que fosse em memória dela.

Ela se recusava a comprar presentes caros. Assim seguia sua consciência. Também não gastava muito consigo mesma. Acho que acreditava, no fundo, que não merecia.

Mas em outras ocasiões gastava muito conosco. Seus presentes então surgiam do nada. Uma vez, ela me escreveu e perguntou se eu queria fazer uma viagem de esqui com ela e as crianças. Era início de primavera e a neve derretia formando manchas de lama na pista. Esquiamos no restinho de neve que havia. De vez em quando eu saía para longas caminhadas. Ela achava que eu não deveria ir sozinha — se algo me acontecesse, não teria a quem pedir ajuda. Mas ela não podia me proibir, de modo que eu ia assim mesmo. Nas trilhas que pegava, contudo, tinha muita gente caminhando, acenando simpáticos quando passavam por alguém.

Anos depois, quando eu já havia passado da idade de pedir ajuda, ela me deu meu primeiro computador. Eu poderia ter recusado, mas ainda não tinha muito dinheiro, na época. E sua oferta repentina, num telefonema, pareceu extraordinária. Era tarde da noite onde ela estava. A oferta foi um arrebatamento de generosidade, e eu queria me aninhar lá dentro e não mais sair. Sim, disse ela, fazia questão, me mandaria o dinheiro. No dia seguinte ligou de novo, um pouco mais calma — queria ajudar, me mandaria o dinheiro, mas não todo, era muito dinheiro naquele tempo. Entendo o que deve ter acontecido — tarde da noite, ela pensando em mim, com saudades, e o sentimento foi crescendo e se tornando um desejo de fazer alguma coisa por mim, fazer um gesto grandioso, até.

A partir daquele ano, ela começou a alugar uma casa de verão para todos nós, ou ao menos era ela que pagava a maior parte do aluguel, uma casa na praia, por uma ou duas semanas, uma diferente a cada ano, e íamos todos para lá e passávamos as férias juntos. A última vez em que fizemos isso foi no último ano de vida do meu pai, mas ele não foi para a casa de praia — ficou na casa de repouso. No verão seguinte, ele já tinha morrido. E no verão depois desse, ela também.

Perto da Filadélfia — depois da curva, na beira do rio, tem as garagens de barco na outra margem, e aquele museu enorme num penhasco do outro lado do rio, parecido com uma construção da Grécia antiga. Não vou ver a estação desta vez — o seu pé-direito alto e os compridos bancos de madeira e as arcadas e letreiro antigos bem preservados. Poderia ir até lá e só ficar olhando um pouquinho, o espaço imenso de lá — faço isso, vez por outra, quando tenho tempo. Nossa própria Penn Station era ainda mais grandiosa. E hoje não existe mais — sempre me dói pensar nisso. E hoje, ao andar pelo saguão subterrâneo matando o tempo antes da chegada do trem, passamos por fotografias da antiga Penn Station expostas nas colunas, com os longos fachos de luz penetrando as janelas altas e derramando-se pelas escadarias de mármore. Parece que querem nos lembrar do que perdemos — não dá para entender.

Depois passaremos pela região dos Amish. Sempre esqueço que estamos chegando lá, e sempre levo um susto. Na primavera, as parelhas de mulas e cavalos arando os campos até onde a vista alcança — hoje não tem ninguém. A roupa no varal — talvez. Está nublado, mas seco e ventando. O que foi mesmo que li sobre salgar a roupa lavada no inverno? Seja como for, não está muito frio hoje. Um inverno quente.

Ela tentou muitas vezes pagar a passagem do nosso irmão para ele ir visitá-la. Ele nunca foi. Nunca explicou por quê. Acabou indo quando ela estava morrendo, quando ela já não estava consciente de sua presença, foi quando era tarde demais para ela ter esta alegria — de que ele finalmente havia concordado em ir. Ele ficou até o fim. Quando não estava com ela, andava pela cidade. Tomou algumas providências práticas e necessárias. Depois ficou para o velório. Eu não fui ao velório. Tinha bons motivos, motivos que a mim, pelo menos, pareciam bons, ligados à idade avançada da nossa mãe, ao choque enorme de tudo que acontecera, à enorme distância a atravessar, do outro lado do oceano. Na verdade teve mais a ver com as pessoas que eu não conhecia e que estariam no velório, e com as minhas emoções ainda tenras, que eu não queria compartilhar com desconhecidos.

Eu conseguia dividi-la com os outros quando ela estava viva. Viva, sua presença era infinita, o tempo passado com ela era infinito. Nossa mãe já era bem velhinha, e quando nós, os filhos, pensávamos em quanto tempo viveríamos, imaginávamos viver muito, como ela. Então, de repente, apareceu aquele problema com os olhos, que acabou não tendo nada a ver com os olhos mas com o cérebro, e aí, sem aviso algum, a hemorragia e o coma, e os médicos anunciando que ela não viveria muito.

Depois que ela morreu, todas as lembranças se tornaram preciosas, mesmo as más, das vezes em que eu estava irritada com ela, ou ela comigo. E pareceu, então, um luxo ficar irritada.

Não queria dividi-la com ninguém, não queria ouvir desconhecidos falando dela, o pastor diante da congregação, ou os amigos dela que a veriam de um ângulo diferente do meu. Ficar com ela na cabeça, conservá-la, não foi fácil, já que agora era tudo interno, já que ela agora não estava mais aqui, e para isso dar certo, tinha que ser só nós duas, mais ninguém. O velório estaria cheio de desconhecidos, gente que ela conhecia mas eu não, ou que eu conhecia mas de quem não gostava, gente que gostava ou não dela mas achava que tinha obrigação de ir ao velório. Mas agora me arrependo, ou melhor, me arrependo de não ter podido fazer as duas coisas — ir ao velório e também ficar em casa com nossa mãe e cuidar da minha dor e das minhas lembranças.

De repente, quando ela morreu, coisas que pertenceram a ela tomaram um significado maior do que tinham antes — suas cartas, é claro, ainda que fossem poucas, mas também objetos que ela havia deixado na minha casa em sua última visita, como a jaqueta, um anoraque azul-escuro com uma logomarca. Um romance policial que tentei ler mas não consegui. Um pote de mariscos congelados que ela deixou no freezer, e um vidro de molho tártaro, comprado numa liquidação, na porta da geladeira.

Estamos indo bem rápido agora. Quando passamos assim rápido pelas coisas, dá a impressão de que nunca mais vamos ter de ficar atolados em nada disso — o trânsito, os bairros, as lojas, esperar na fila. Agora está rápido mesmo. A viagem é tranquila. Só se ouvem uns guinchos de alguma peça de metal balançando no vagão. Estamos todos balançando um pouco.

Não tem muita gente no vagão, e estão todos bem silenciosos hoje. Não me incomodo de pedir a outro passageiro que pare de falar no celular. Fiz isso uma vez. Dei ao homem dez minutos, talvez até mais, talvez vinte, então fui até ele e fiquei lá, de pé no corredor ao lado dele. Ele estava encolhido, com um dedo no ouvido livre. Não ficou irritado. Olhou para mim, sorriu, abanou a mão no ar, e desligou antes que eu voltasse ao meu assento. Eu não fico trabalhando por telefone no trem. Os outros também não deviam ficar.

Ela dava também outro tipo de presentes — o esforço que fazia pelos outros, o trabalho que tinha ao cozinhar para os amigos. Os desgarrados que acolhia em casa, para morar com ela, às vezes por semanas ou meses — jovens de passagem, mas também, uma vez, aquele índio velho, magro, que passava o tempo todo arrumando os livros dela nas estantes, e que comia tão pouco, e meditava tanto. E mais tarde seu pai já velho, o pai verdadeiro, o que ela só foi conhecer quando já era adulta, não nosso pai, o pai que a criara. Ela sonhou que ele estava muito doente. Decidiu encontrá-lo, e encontrou.

Chegava tão cansada ao fim do dia que sempre que eu estava de visita, quando estávamos todos assistindo algum programa ou filme na TV, ela adormecia. Primeiro, ficava acordada por alguns instantes, curiosa sobre os atores — quem é esse, não o vimos em…? —, depois se calava, e ficava calada por tanto tempo que acabávamos olhando para ela, e víamos que sua cabeça caía para o lado, com a luz do abajur brilhando nos seus cabelos claros, ou se debruçava sobre o peito, e assim ela dormia até irmos todos para a cama.

Qual foi o último presente que ela me deu? Foi há sete anos. Se eu soubesse que seria o último, teria tido muito mais cuidado com ele.

Se não era de temática animal, ou feito por algum artesão indígena, então deve ter sido uma bolsa, não uma bolsa cara, mas uma que tivesse alguma característica especial, um truque escondido, toda dobrável, fechada por um zíper e com um clipe para prender em outra bolsa. Tenho algumas dessas guardadas.

Ela andava com bolsas assim, e outros tipos de bolsa, sempre abertas e sempre cheias — carregando um suéter extra, outra bolsa, um ou dois livros, uma caixa de biscoitos, uma garrafa com algo para beber. Havia uma generosidade no quanto ela carregava para cima e para baixo.

Uma vez veio me visitar — estou lembrando das malas dela amontoadas contra uma cadeira que eu tinha. Fiquei praticamente paralisada, sem saber o que fazer. Não sei por quê. Não queria deixá-la sozinha, não seria direito, mas também não estava acostumada a receber hóspedes. Depois de um tempo, a sensação de pânico passou, talvez apenas porque o tempo passou, mas houve um momento em que achei que não ia aguentar.

Agora vejo a cama onde ela dormiu e fico querendo que ela volte, nem que seja por pouco tempo. Nem teríamos que conversar, nem sequer teríamos que olhar uma para a outra, já seria um consolo tê-la por perto — seus braços, seus ombros largos, seus cabelos.

Gostaria de dizer a ela, Sim, tivemos problemas, nossa relação era difícil de entender, e complicada, mas, ainda assim, queria ter você aqui, dormindo na cama de hóspedes onde você dormiu por algumas noites daquela vez, é a sua parte da sala agora, queria ver suas bochechas, seus ombros, seus braços, seu pulso com a pulseira de ouro do relógio, um pouquinho apertada, cortando a carne, suas mãos fortes, a aliança de ouro, suas unhas curtas, eu não precisaria olhar nos seus olhos nem ter algum tipo de comunhão, completa ou incompleta, mas só ter você aqui em pessoa, em carne e osso, por um momento apenas, fazendo um oco no colchão, fazendo dobras nos lençóis, o sol brilhando atrás de você, seria muito bom. Talvez você deitasse um pouco na cama de hóspedes para ler à tarde, talvez pegasse no sono. Eu estaria no outro quarto, bem perto.

Por vezes, depois do jantar, se ela estivesse bem relaxada e eu estivesse sentada a seu lado, ela punha a mão no meu ombro e a deixava lá por um tempo, até eu começar a sentir o calor da sua mão através do algodão da minha blusa. Sentia nessas ocasiões que ela de fato me amava de um jeito que nunca ia mudar, fosse qual fosse seu estado de espírito.

Naquele outono, depois do verão em que ela morreu e nosso pai também, houve um momento em que eu queria dizer aos dois, Tudo bem, vocês morreram, eu sei, e já estão mortos há algum tempo, todos entendemos isso e exploramos nossos sentimentos iniciais, nossas reações, sentimentos surpreendentes, alguns, e outros sentimentos que só agora surgem, agora que já se passaram alguns meses — mas basta, chegou a hora de vocês voltarem. Já estão longe há tempo suficiente.

Porque depois do drama das mortes em si, dramas complicados que duraram dias, para os dois, veio o fato mais tranquilo e simples de sentimento de saudades. Ele não sairia mais do quarto, em casa, com uma foto ou uma carta para nos mostrar, não estaria mais aqui para nos contar de novo as mesmas histórias, sempre repetidas, de quando era garoto — pronunciando os nomes que significavam tanto para ele e tão pouco para nós: Clinton Street, onde nasceu, Winter Island, onde passavam o verão quando era pequeno, ele de olho na traseira do cavalo que trotava à frente da charrete, a pneumonia que teve quando criança, enfraquecido e lendo na cama entra dia, sai dia, na casa daquele primo em Salem, indo aos sábados nadar na Associação Cristã de Moços com os outros meninos, onde era normal todos nadarem nus, e como aquilo o incomodava, e a família Perkins, os vizinhos. Não estaria mais em casa tomando a primeira xícara de café do dia às onze horas, ou lendo na poltrona à luz da janela. Ela não mais faria panquecas para a gente de manhã na casa de praia alugada, panquecas largas, gordas, de mirtilo, um pouco cruas no centro, de pé com a panela na mão, silenciosa e concentrada, ou conversando enquanto trabalhava, de blusa florida e calça esporte, espadrilha ou mocassim, o formato familiar dos seus dedos do pé esticando o tecido ou couro. Não nadaria no mar nas ondas revoltas do cais, mesmo em dias de tempestade, seus olhos mais claros que o azul da água. Não ficaria mais conversando com nossa mãe, com água pela cintura, perto da praia, o cenho franzido ou por causa do sol ou por causa da concentração na conversa. Nunca mais faria ensopado de ostras como fez naquele Natal, quando foi visitar nossos pais depois da morte do marido, o crocante da areia na boca, no caldo leitoso, areia no fundo das colheres. Não pegaria no colo uma criança, uma de suas filhas, como naquela visita, quando elas estavam todas tão tristes e confusas, ou alguma outra criança, e a balançaria lentamente para a frente e para trás, os braços cheios e fortes envolvendo o torso da criança, descansando o rosto nos cabelos dela, o rosto triste e pensativo, os olhos longe. Não estaria sentada no sofá à noite, exclamando com surpresa quando reparava num ator que tinha visto em algum filme ou programa de TV, não pegaria no sono ali, calada de repente, mais tarde.

O primeiro Ano-Novo depois que eles morreram pareceu uma traição — estávamos deixando para trás um ano que eles viveram, um ano que conheciam, e começando um novo ano que eles nunca vivenciariam.

Fiquei um pouco confusa também, nos meses que se seguiram. Não era que eu achasse que ela estava viva. Mas ao mesmo tempo não conseguia acreditar que estava morta. De uma hora para outra a escolha não era simples: viva ou não viva. Era como se não estar viva significasse outra coisa além de estar morta, como se houvesse uma terceira possibilidade.

A visita dela, daquela vez — não entendo por que pareceu tão complicada. Bastava sair para passear ou fazer alguma coisa junto, ou então ficar em casa conversando. Conversar teria sido fácil, ela adorava conversar. Mas é claro que estou simplificando. Ela conversava de um jeito um pouco frenético, ansioso, como se tivesse medo e quisesse se defender de alguma coisa. Quando morreu, todos comentamos isto — como antes queríamos que ela parasse de falar, que falasse menos, mas que agora daríamos qualquer coisa para ouvir sua voz.

Eu também queria falar, tinha coisas a dizer a ela, em resposta ao que ela dizia, mas não era possível, ou era difícil. Ela não deixava, ou então eu tinha que me impor à força na conversa.

Queria tentar de novo — queria que ela viesse me visitar de novo. Acho que estaria mais calma. Ficaria tão feliz em vê-la. Mas não é assim que funciona. Se ela voltasse, não seria para uma visita rápida, e talvez eu continuasse sem saber o que fazer, exatamente como da última vez em que a vi. Ainda assim, queria ter a oportunidade de tentar.

Outro presente que ganhei dela foi um jogo de tabuleiro sobre espécies em extinção. Um jogo — olha o otimismo de novo. Ou então ela fez o que fazia nossa mãe — me dar um presente que exigisse a participação de outra pessoa, para que eu fosse obrigada a trazer outra pessoa para a minha vida. Na realidade eu conheço muita gente, conheço gente nova até mesmo quando estou viajando. É certo que ainda moro sozinha, mas gosto mais assim, gosto das coisas do meu jeito. Acho que ter um jogo de tabuleiro não vai me incentivar a trazer alguém para casa só para jogar comigo.

Não tem muita gente no vagão, ainda que esteja mais cheio do que eu imaginava, num dia como hoje. Claro que fico achando que todos estão a caminho de algum lugar gostoso e legal, onde as pessoas os esperam com comidas e bebidas, como rabanada, vinho quente, chocolate. Mas pode não ser nada disso. E podem estar pensando o mesmo de mim — se é que pensam em mim.

E os que não vão para nenhum lugar especial podem também estar contentes, ainda que seja difícil acreditar, porque somos levados a sentir, com todo o estardalhaço, toda a propaganda, é claro, mas também pelo que dizem os amigos, que o certo é passar este dia num lugar especial, com a família ou com os amigos. Se não for o caso, começamos a nos sentir excluídos, um velho sentimento aprendido na infância, talvez na escola, quando também se aprende a ficar entusiasmado ao ver os embrulhos, independente do que viéssemos a encontrar ao abri-los, além do que pedimos de presente.

Não sou tão alegre hoje como era antes, eu sei. Um amigo meu disse isso, depois que perdi os dois, com três semanas de diferença, naquele verão: ele disse, seu desgosto está tomando conta das áreas mais distintas da sua vida. O desgosto se transforma em depressão. E depois de um tempo você não vai mais querer fazer nada, nada valerá a pena.

Outro amigo — quando eu lhe contei, disse, "Não sabia que você tinha irmã". Que estranho. Quando ele descobriu que eu tinha irmã, eu não tinha mais irmã.

Está começando a chover, as gotas rebocadas pelo vento estão raiando o vidro da janela. Linhas e pontinhos espalhados no vidro. O céu lá fora está mais escuro e as luzes dentro do vagão, as do teto e também as de leitura, acima dos assentos, parecem mais luminosas. Passam as fazendas, agora. Não há roupa no varal, mas vejo os varais esticados entre os quintais e os celeiros. Há fazendas dos dois lados do trilho, com grandes áreas vazias entre elas. Os silos distribuem-se espaçadamente na paisagem, as edificações das fazendas agrupadas a sua volta, como igrejas no meio de seus povoados, vistos à distância.

Às vezes a dor ficava por perto, esperando, se contendo, e era possível ignorá-la por algum tempo. Mas outras vezes era como um copo sempre cheio e sempre transbordando.

Durante um tempo, para mim foi difícil pensar ou falar sobre um deles em separado. Durante um tempo, porém não mais, estavam sempre ligados na minha cabeça porque haviam morrido tão perto um do outro. Não era difícil imaginá-la esperando por ele em algum lugar, e ele chegando. Até nos consolamos com a ideia — ela tomaria conta dele, onde quer que estivessem. Era mais alta e mais forte. Mas ele ficaria feliz, ou chateado? Será que preferia ficar sozinho?

Nem sei se ele me queria a seu lado na cama quando estava morrendo. Eu tinha ido de ônibus até a cidade onde ele e minha mãe moravam para vê-lo. Não havia volta da situação em que ele estava, nenhuma chance de se recuperar, porque tinham parado de alimentá-lo. Ele já não falava, nem ouvia, nem enxergava, de modo que era impossível saber o que queria. Não parecia ele. Os olhos semiabertos, mas ele não via nada. A boca entreaberta. Ele estava sem dentadura. Uma vez, passei uma esponjinha em seus lábios, por causa da secura, e sua boca se fechou de arrancada sobre a esponjinha.

A gente pensa que deve ficar com quem está morrendo, acha que será um consolo para eles. Porém, quando ele estava vivo, se ficávamos mais tempo em torno da mesa de jantar, ou na sala conversando e rindo, ele esperava um pouco e se levantava, nos deixava e ia para o quarto. Ou então, quando ele estava lavando a louça, dizia que não, não precisava de ajuda. Mesmo quando o visitávamos na casa de repouso, depois de uma ou duas horas ele nos pedia para irmos embora.

Nossa mãe consultou uma médium quando os dois morreram para saber se era possível fazer contato. Não acreditava nessas coisas, mas uma amiga havia recomendado a médium e ela achou que poderia ser interessante e não custava nada tentar, e assim foi lá e contou coisas sobre eles para a médium e tentou se comunicar.

A mulher disse que falou com ambos. Nosso pai estava alegre e cooperativo, mas não disse muito, só algo como "estou bem". Minha mãe achou que depois daquele trabalho todo ele bem que poderia ter falado mais um pouquinho. Mas nossa irmã se recusou a falar, foi embora, irritada, e não quis nada com aquilo. Ficamos interessados, ainda que não levássemos a sério. Achamos que a médium acreditava mesmo ter vivido aquela experiência.

Eram dois tipos de desgosto. Um, por ele, se devia a um fim que viera no momento certo, que fazia parte da ordem natural da vida. O outro, por ela, se devia a um fim inesperado e precoce demais. Eu e ela estávamos começando uma boa correspondência — agora acabou. Ela estava começando um projeto importante para si mesma. Tinha alugado uma casa perto da nossa, onde poderíamos vê-la com mais frequência. Era o início de uma nova fase em sua vida.

É estranho ver as coisas pela janela do trem. Não me canso nunca. Agora mesmo vi uma ilhota no meio do rio, onde havia um arvoredo, e vi porque estava prestando atenção, porque gosto de ilhas, mas, quando desviei o olhar e me virei novamente, ela havia sumido. Agora estamos de novo perto de um bosque. Logo o bosque some e vejo de novo o rio e os morros à distância. O que está na beira do trilho passa chispando, o que está à meia distância se demora, mais constante, e o que está no fundo fica imóvel, ou por vezes parece avançar, mas apenas porque as coisas à meia distância recuam.

Na verdade, ainda que os objetos no fundo pareçam não sair do lugar, ou pareçam até avançar um pouquinho, estão recuando vagarosamente. Os topos das árvores ao longe estavam aqui perto há pouco, mas, quando olhei de novo, estavam para trás, mas não muito.

Nos dias que se seguiram à morte dela, e também depois da morte dele, eu ficava reparando em pequenas coisas: um pássaro branco levantando voo ou um pássaro branco pousando perto de mim, tudo parecia um sinal. Três corvos no galho da árvore tinham algum significado. Três dias depois que ele morreu, acordei de um sonho sobre os Campos Elísios, como se só agora ele tivesse ido para lá, como se tivesse ficado sobrevoando as redondezas por três dias, até mesmo flutuando por sobre a sala da casa da nossa mãe, e tivesse então partido para os Campos Elísios, talvez antes de seguir viagem para mais longe, por fim seu último destino.

Queria acreditar nisso, tentei muito. Afinal, não sabemos o que acontece. É estranho que, quando morrermos, aí então saberemos a resposta, se é que será possível sabermos alguma coisa. Contudo, seja qual for a resposta, não há como comunicá-la aos vivos. E antes de morrer, não temos como descobrir se, depois da morte, continuamos a viver de algum modo, ou se tudo se acaba.

É como disse aquela moça no mercado, outro dia. Estávamos conversando sobre expressões repetidas sempre pela minha mãe e a dela — "Cada macaco no seu galho", ou "As intenções eram boas". Ela contou que sua mãe era católica, muito devota, e acreditava na vida da alma depois da morte. Mas a mulher do mercado não, e debochava um pouquinho da mãe. E sempre que isso acontecia, a mãe respondia, com um sorriso maroto: Quando morrermos as duas, uma de nós vai levar um tremendo susto!

Nosso pai acreditava que só existia o corpo, mais especificamente o cérebro, que tudo era físico — a mente, a alma, nossas emoções. Uma vez ele viu o cérebro de um homem esparramado no asfalto depois de um acidente. Tinha parado o carro e descido para olhar. Minha irmã era bem pequena na ocasião. Ele mandou que ela esperasse no carro. Quando o corpo perdia a vida, dizia ele, tudo acabava. Mas eu não tinha tanta certeza assim.

Teve aquele terror que senti uma noite quando estava quase adormecendo — a pergunta repentina que me veio à mente e me acordou. Onde ela estaria agora? Tive a nítida sensação de que ela estava indo para algum lugar ou já tinha chegado lá, e não que havia simplesmente deixado de existir. Que ela, como ele, tinha ficado por aqui um tempinho, e só então se foi — para baixo, talvez, mas também para longe, para o alto-mar.

No início, antes de ela morrer mas quando já estava morrendo, eu ficava pensando o que estaria acontecendo com ela. Ninguém falava muito sobre isso. Uma coisa que disseram é que quando seus reflexos se deterioraram, segundo os médicos, ela em vez de se retrair quando tomava injeção, se movia na direção da agulha, da picada. Achei que isso significava que seu corpo ansiava pela dor, que ela queria sentir alguma coisa. Achei que significava que ela queria viver.

Teve aquele sonho lento, escuro, que sonhei uns cinco dias depois da morte dela. Talvez estivesse sonhando exatamente no momento da cremação, ou logo depois. No sonho, eu descia até uma espécie de arena, por níveis mais largos e mais altos que degraus, os quais levavam a uma vasta sala ou a um salão ornamentado, todo decorado, com pé-direito alto — tive a impressão de que os móveis eram de madeira escura, a decoração, suntuosa, e que se tratava de um salão de cerimônias, não de um salão para uso diário. Eu carregava uma lanterna que se encaixava no meu dedão, com uma pequena chama na ponta. Era a única fonte de luz naquele espaço imenso, uma chamazinha trêmula que bruxuleava e que já havia se apagado, ou quase, uma ou duas vezes. Eu temia que, ao descer de um nível para outro com tanta dificuldade, já que os degraus eram largos e altos demais para serem abarcados com as pernas, a chama se apagasse e eu ficasse naquele profundo poço de escuridão, naquele negrume. A porta pela qual eu tinha entrado estava muito acima do salão, e se eu gritasse, ninguém ouviria. Sem luz, eu não conseguiria escalar tudo de volta.

Depois percebi que, dados o dia e a hora do meu sonho, é possível que aquele fosse o momento exato em que ela estava sendo cremada. A cremação seria logo depois do velório, e meu irmão me dissera que o velório já tinha acabado. Achei que a chama bruxuleante era a vida dela, à qual ela se agarrou naqueles últimos dias. Os níveis difíceis descendo até o salão seriam os estágios do declínio dela, dia após dia. O salão ornamentado poderia ser a própria morte, com toda a pompa, estendida diante, ou abaixo, de todos nós.

O estranho problema que tivemos depois foi se daríamos ou não a notícia ao nosso pai. Ele estava um tanto desorientado então, e confuso. Ficávamos empurrando-o pelo corredor da casa de repouso, na cadeira de rodas. Ele gostava de cumprimentar os outros residentes com um sorriso e um meneio de cabeça. Parávamos em frente à porta do seu quarto. Em junho, no seu último ano de vida, ele viu o cartão de Feliz Aniversário na porta, abanou a mão longa, pálida e cheia de sardas na direção do cartão e me fez uma pergunta. Já não conseguia articular as palavras muito bem. Para quem nunca o tivesse ouvido falar, seria difícil entender o que dizia. Estava espantado com o cartão, e sorria. Provavelmente se perguntava como sabiam que era seu aniversário.

Ainda nos reconhecia, mas tinha muita coisa que ele não entendia mais. Não viveria muito tempo, se bem que na época não sabíamos que seria tão pouco. Achávamos que seria importante ele saber que ela havia morrido — sua filha, se bem que ela era enteada, na verdade. Mas será que ele entenderia, se contássemos? E não serviria apenas para deixá-lo aflito, caso ele compreendesse? Ou talvez ele tivesse as duas reações — entender a notícia, em parte, e depois ficar aflito tanto pelo que contamos quanto pela inabilidade de compreender totalmente o significado do que contamos. Era correto fazê-lo viver seus últimos dias cheio de aflição e dor?

Mas a alternativa também não parecia certa — ele terminar a vida sem saber desse fato tão importante, que sua filha tinha morrido. Seria justo que ele, que fora o chefe da família, ele que, com nossa mãe, tomava as decisões familiares mais importantes, aquele que dirigia o carro nos passeios, que ajudava minha irmã com o dever quando ela era adolescente, que a levava a pé para a escola quando ela estava no primeiro ano, enquanto nossa mãe descansava ou trabalhava, aquele que dava ou negava permissões, contava piadas à mesa de jantar que faziam ela e suas amiguinhas morrerem de rir, que se ocupou durante certo período da construção de uma casa de bonecas no jardim — seria justo não darmos a ele o respeito de ser informado de um fato tão importante que acontecera na sua própria família?

Ele tinha tão pouco tempo pela frente, e éramos nós os que decidiam sobre aspectos fundamentais do fim de sua vida — se ele morreria sabendo ou não. E agora já não me lembro o que fizemos, faz tantos anos. Isso significa provavelmente que o resultado não foi dramático. Talvez tenhamos contado, por dever, mas de um modo apressado, nervoso, sem esperar que ele entendesse, e talvez ele tenha nos olhado com uma expressão perplexa, porque as coisas estavam passando rápido demais. Mas não sei se estou lembrando ou inventando.

Numa das vezes em que veio me visitar, ela me deu um suéter vermelho, uma saia vermelha e uma tábua redonda de barro para assar pão. Tirou uma foto minha usando a saia e o suéter. Acho que a última coisa que ganhei dela foram aquelas foquinhas brancas com as costas perfuradas. São recheadas de carvão e a gente coloca na geladeira para absorver os odores. Vai ver ela achava que, por eu morar sozinha, minha geladeira seria malcuidada e teria mau cheiro, ou vai ver achava que qualquer geladeira precisava daquilo.

Quando foi que deixou o molho tártaro? Nunca pensei que fosse possível se apegar a um vidro de molho tártaro. Mas vejo que, sim, é possível — não queria jogá-lo fora, porque tinha sido dela. Jogar fora significaria que os dias passavam, que o tempo avançava e a deixava para trás. Assim como foi difícil ver o começo do mês de julho, porque era um mês novo que ela não vivenciaria. E aí veio agosto, e ele morreu também.

A verdade é que as foquinhas me foram úteis, ao menos há sete anos atrás. Coloquei-as na geladeira, se bem que no fundo de uma prateleira, onde eu não teria que ver suas carinhas alegres e seus olhos pretos cada vez que abrisse a geladeira. Até levei as focas comigo quando me mudei.

Duvido que elas ainda absorvam os odores, depois de tanto tempo. Mas não ocupam espaço, e minha geladeira é meio vazia, de qualquer modo. Gosto de tê-las, porque me fazem lembrar dela. Quando me abaixo e arrumo as coisas na geladeira, vejo as foquinhas lá no fundo, sob a luz que atravessa as manchas de líquido ressecado na prateleira de cima. São duas. Têm sorrisos negros pintados na face. Ou ao menos uma linha pintada na face que parece um sorriso.

Na verdade, o único presente que me agrada, depois de crescida, são coisas para o trabalho, como um livro de referência. Ou então um objeto antigo.

Agora tem muito barulho vindo do vagão-restaurante — gente rindo. Vendem álcool aqui. Nunca comprei uma bebida num trem — gosto de beber, mas não no trem. Nosso irmão às vezes tomava alguma coisa no trem, quando voltava de visitar nossa mãe. Ele me contou. Este ano está em Acapulco — ele gosta do México.

Ainda temos umas duas horas de viagem pela frente. Está escuro. Foi bom que ainda estava claro quando passamos pelas fazendas. Talvez uma família grande esteja no vagão-restaurante, ou um grupo indo para uma conferência. Vejo isso sempre. Ou para um evento esportivo. Se bem que não faria sentido isso, não hoje. Agora tem uma pessoa vindo na minha direção, olhando direto para mim. Ela sorri um pouco — mas parece constrangida. É o quê? Ela se inclina. Ah, uma festa. Tem uma festa — no vagão-restaurante, ela me diz. Todos estão convidados.

Aprendendo história medieval

Os sarracenos são otomanos?
Não, os sarracenos são mouros.
Os otomanos são turcos.

Meu amigo da escola

história a partir de Flaubert

Domingo passado fui ao Jardim Botânico. Lá, no Parque Trianon, morava aquele inglês esquisito chamado Calvert. Ele cultivava rosas que mandava para a Inglaterra. Tinha uma coleção de dálias raras. E também uma filha que teve um namorico com um amigo meu da escola chamado Barbelet. Por causa dela, Barbelet se matou. Tinha dezessete anos. Se matou com uma pistola. Caminhava por um trecho arenoso do caminho, ventava muito, e vi a casa de Calvert, onde morava a filha. Onde estará ela hoje? Colocaram uma estufa ao lado da casa, com palmeiras, e um auditório onde os jardineiros aprendem sobre germinação, enxerto, poda e condução — tudo que é preciso saber para manter um pomar! Quem se lembra de Barbelet hoje — tão apaixonado pela inglesinha? Quem se lembra de meu amigo passional?

A aula de piano

Estou com minha amiga Christine. Faz muito tempo que não a via, talvez dezessete anos. Conversamos sobre música e combinamos que quando nos víssemos de novo ela me daria uma aula de piano. Em preparação para a aula, eu teria que selecionar, e estudar, uma peça barroca, uma clássica, uma romântica e uma moderna. Fico impressionada com a seriedade dela, e com a dificuldade da tarefa. Estou disposta a cumpri-la. Teremos a aula em um ano, ela diz. Ela virá a minha casa. Mas depois, mais tarde, ela me diz que não sabe se voltará a este país. Talvez, em vez disso, possamos ter a aula na Itália. E se não na Itália, então, naturalmente, em Casablanca.

sonho

Os alunos no prédio grande

Moro num prédio muito grande, do tamanho de um armazém ou de um teatro lírico. Estou lá sozinha. Aí chegam umas crianças. Vejo suas perninhas ligeiras passando pela porta da frente e pergunto, com certa apreensão, "Quem é, quem é?". Mas ninguém responde. A turma é muito grande — só meninos, com dois professores. Eles imergem no ateliê de pintura que fica nos fundos do prédio. O pé-direito desse ateliê equivale a dois ou três andares. Numa parede há um mural só de rostos de pele escura. Os alunos se amontoam diante da pintura, fascinados, apontando e falando. Na parede oposta tem outro mural, de flores verdes e azuis. Só uma meia dúzia de meninos o examina.

A turma quer dormir aqui porque não tem dinheiro para pagar hotel. Será que a prefeitura da cidade deles não poderia fazer uma vaquinha para financiar o passeio? Faço essa pergunta a um dos professores. Não, ele responde, com um sorriso penoso, não podem porque ele, o professor, é homossexual. Ao dizer isso, ele se vira e delicadamente abraça o outro professor.

Mais tarde, estou no mesmo prédio com os alunos, mas não

é mais a minha casa, ou eu já não a reconheço. Pergunto a um menino onde é o banheiro, e ele me mostra — é um banheiro bonito, com instalações antigas e forrado de madeira. Assim que sento no vaso, o recinto começa a subir — porque é também um elevador. E passa pela minha cabeça, quando dou a descarga, a dúvida sobre como nesse caso funciona o encanamento, mas chego à conclusão de que alguém deve ter solucionado isso.

sonho

A frase e o jovem

A frase está lá, exposta aos olhos de todos, numa lata de lixo aberta. É uma frase agramatical "Quem cantar!?!". Estamos assistindo daqui, escondidos nas arcadas escuras. Vemos um jovem passar pelo lixo várias vezes, olhando a frase, curioso. Não saímos do nosso esconderijo, com medo de que, a qualquer momento, ele enfie a mão no lixo e conserte a frase.

sonho

Molly, gata: histórico, resultados

Descrição: fêmea castrada, malhada
Histórico:
　Encontrada no início da primavera, enrolada contra um banco de neve
　　Idade na época da adoção: aprox. 3 anos
　　Provavelmente abandonada pelos antigos donos
　　Confinada no banheiro na primeira semana
　　Recusou-se a comer na primeira semana na casa nova, mas brincou ativamente no espaço confinado
Pele/pelo: inflamados/irritados em torno do pescoço
Parasitas: fezes de pulgas
　　Livre para correr após adoção
　　Faz companhia aos donos na horta
Focinho/garganta: sem lesões visíveis
　　Comendo bem, ração seca
　　Caça pequenos pássaros, mas não conseguiu agarrar um gaio azul de maior porte
Dente quebrado: canino superior direito

Grau de doença dentária: 2-3 em 5
   Dois outros gatos na casa e todos correm pela casa afora; a casa é grande
   Não brinca com outros gatos
Olhos: sem lesões visíveis
Pulmões: dimensões normais
   Não brinca com os donos na presença de outros gatos, porém brinca com os donos no banheiro
Nódulos linfáticos: normais
Coração: dentro dos limites normais
   Carinhosa com os donos, ronrona e cerra os olhos quando recebe festinha
   Fica mole nos braços dos donos quando é pega no colo
Sistema urogenital: dentro dos limites normais
   Urina em lugares inadequados no chão da casa em 2-3 lugares por dia
   Piorando com o tempo, poças maiores de urina
Ouvidos: sem lesões visíveis
   Restrição moderada da fáscia toracolombar, restrição significativa na região do sacro
   Chora quando afagada na região logo acima da cauda
   Chora, às vezes, antes ou depois de urinar
   Chora, às vezes, depois da soneca
Abdome: sem lesões palpáveis
Sistema nervoso: dentro dos limites normais
Peso: 3,5 kg
Peso ideal: 3,5 kg
   Não usa caixa de areia — defeca no chão nos arredores da caixa de areia
   Pode ter pulgas
Limiar de dor: 3 em 10 (região do sacro)
   Tolera o exame veterinário, nervosa porém sem hostilidade evidente

Pulso: 180
Escore geral de condição física: 3 em 5

Atualização:
Estava urinando no chão em volumes maiores quando dentro de casa
Quis sair todos os dias apesar das condições climáticas adversas
Não encontrada ao meio-dia num dia muito quente de primavera
Encontrada no fim da tarde sob pinheiro, arfando e coberta de pulgas
Trazida para dentro e colocada no boxe
Parou de arfar, retomou respiração normal
Morreu algumas horas depois
Idade ao morrer: aprox. 11 anos

Carta à Fundação

Caros Frank e Membros da Fundação,

Não consegui terminar esta carta antes, ainda que tenha começado a escrevê-la na minha cabeça logo após seu memorável telefonema de 29 de setembro, tantos anos atrás. Tinha consciência, nos primeiros dias, de certas instruções que haviam me dado — eu só podia dar a notícia a duas pessoas, deveria ser simpática com os repórteres da universidade, caso algum me procurasse, e deveria ligar para você, Frank. Não pensei em sentar e escrever, porque não recebi instruções específicas nesse sentido.

Acho que você disse estar curioso por saber como seria receber esta bolsa, mas agora talvez já esteja confundindo você com outra pessoa que me disse isso, pedindo para eu descrever como era. De qualquer modo, tendo me pedido isso ou não, é o que farei.

Avisei logo a você, Frank, que desejava escrever uma carta de agradecimento. Você me disse que não precisava. E eu disse que queria, mesmo assim. Você riu e disse, Sim, você é uma acadêmica, e professora de literatura, então deve ter muito a dizer.

O problema é que sou uma pessoa honesta e que não mente e não sei se posso dizer a verdade numa carta para a Fundação. Afinal, não quero dizer nada que os senhores não queiram ouvir. Por exemplo, acho que não querem ouvir que eu não pretendia trabalhar o tempo todo durante o período de vigência da bolsa.

Aconteceu o seguinte: no início não acreditei que tinha ganhado a bolsa. Levou um tempo espantoso até eu acreditar. Assim, não me acostumei a ter a bolsa. Sabia que ela existia. Nosso departamento na universidade dá a ela o nome de "bolsa de dois anos". Outros acadêmicos que eu conhecia haviam sido agraciados. Fazia muitos anos que eu queria ganhar uma. Vi outros receberem a bolsa e eu não recebi: eu era apenas um das centenas e centenas de acadêmicos que desejavam ardentemente uma bolsa assim para serem salvos, ao menos temporariamente, da vida ou do trabalho a que estão sujeitos — a carga horária pesada, a exaustão constante, o chato do vice-reitor para assuntos acadêmicos ou a presidente interina do conselho, meticulosa ao extremo, o trabalho no comitê, as intermináveis horas de atendimento aos alunos, a luz fluorescente piscando no teto do escritório, as manchas no tapete da sala de aula etc. Estava já bastante acostumada a ser um dos que são ignorados pela Fundação, os rejeitados, que aos olhos da Fundação não devem receber a bolsa e são menos merecedores que outros. Portanto, não acreditei realmente que estava entre os salvos, ou demorei muito para começar a acreditar, com a ajuda de lembretes que, depois de um tempo, pareciam também irreais: "Muito bem!", dizia um dos meus colegas. "O que você vai fazer agora?"

Eu parecia uma pessoa com amnésia, que aceita o que lhe contam sobre sua vida mas não consegue se lembrar de nada. E como não consegue lembrar, não consegue acreditar para valer, porém precisa aceitar o que lhe dizem e se acostumar, porque todo mundo repete os mesmos fatos o tempo todo.

Vou tentar reconstituir a experiência aqui, em resposta à sua pergunta.

Passava um pouco das nove da manhã quando a Fundação telefonou.

Estava me arrumando para ir à cidade. Interrompi o que fazia e fui falar com vocês. Primeiro, achei que telefonavam por outro motivo. Mas ao mesmo tempo pensei que não me ligariam às nove da manhã se fosse por outro motivo — mandariam uma carta. A primeira pessoa com quem falei foi uma mulher tímida, gentil, com uma voz fraquinha. Ela me deu a boa notícia e me disse para ligar imediatamente para outra pessoa na Fundação, um homem que podia ou não estar em seu escritório naquele momento.

Nesse meio-tempo, enquanto falava com ela e ouvia a notícia, estava preocupada em não perder o ônibus. Não podia deixar isso acontecer, porque tinha um compromisso na cidade, ao sul de onde moro. Liguei para a outra pessoa, o tal homem, e ele estava no escritório, o que foi um alívio. Acho que esse homem deve ser você, ainda que hoje, depois de tantos anos, eu já não tenha certeza. Ele começou a implicar comigo. Tentou me convencer que eu tinha entendido errado o que dissera a moça tímida, e que eu não ia ganhar bolsa alguma. Ele devia saber que eu entenderia que era brincadeira, e também que ficaria surpresa com a implicância, e até preocupada, embora não entendesse exatamente o porquê da preocupação. Depois fiquei pensando se eu fui a única pessoa com quem vocês brincaram ao dar a boa notícia, mas, como não consigo acreditar nisso, acho que é o seu hábito brincar com todos para quem telefonam — se é que era você no telefone, naturalmente.

Conversei com ele, ou com você, pelo tempo que você quis. Foi aí que você me deu as instruções. Disse para chamá-lo de

Frank. Naquele momento, estava disposta a fazer qualquer coisa que você me pedisse, por medo de que, se eu não tomasse muito cuidado, a bolsa sumisse. Foi uma reação instintiva, não uma reação racional. Quando acabou a conversa, corri para o ônibus.

Estava feliz, claro — pensei na boa notícia durante todo o trajeto até a cidade. Pela primeira vez, também, pude observar exatamente como a minha cabeça se adapta a uma nova situação: me pegava pensando como sempre e aí dizia para mim mesma, Não, agora tudo vai ser diferente. Depois de isso acontecer um monte de vezes, finalmente minha cabeça se adaptou à nova situação.

Mais tarde no mesmo dia, estava almoçando sozinha num restaurante perto da biblioteca pública. Pedi um sanduíche pequeno e uma tigela de sopa, que custaram mais ou menos sete dólares. Depois que a garçonete se afastou, continuei pensando no menu, porque teria preferido determinada salada favorita de onze dólares. E foi aí que percebi: tenho dinheiro para comprar a salada! Mas logo depois pensei, Não! Cuidado! Se começar a gastar cinquenta por cento a mais em tudo que comprar daqui para a frente, o dinheiro vai acabar muito rápido!

Estava tão aliviada. Queria contar à Fundação sobre esse imenso alívio. Depois pensei que para vocês certamente seria óbvio. Vocês devem ouvir isso de todos que ajudam. As pessoas contam como se sentem? Ou alguns são mais lacônicos e secos? Tem gente que é muito pragmática, e começa logo a fazer planos de como usar a bolsa? Tem gente que nem fica aliviada, apenas feliz e empolgada? Ou nem mesmo feliz e empolgada? Ainda assim, queria contar para a Fundação como me sentia. Queria dizer que ia dar tudo certo — não havia motivos para eu me preocupar.

Queria contar que durante toda a minha vida adulta, desde os vinte e um anos, me preocupara sempre em como pagar as contas no ano seguinte, às vezes na semana seguinte. Quando eu era jovem, e até já mais velha, meus pais de vez em quando me mandavam um pouco de dinheiro para ajudar nas despesas, mas a responsabilidade era minha, eu sabia, e o dinheiro para me sustentar no ano seguinte nunca era garantido. Às vezes ficava assustada porque tinha muito pouco dinheiro e não via como fazer para ganhar mais. O medo era algo físico, que eu sentia na boca do estômago. Me tomava de repente: O que fazer? Teve uma vez que eu não tinha dinheiro nenhum, com exceção de treze dólares que uma amiga me devia. Eu não queria pedir a ela que me pagasse, mas pedi. Mais do que isso, queria contar a vocês que agora não precisaria mais fazer o trabalho que era tão penoso para mim. Estou falando de dar aulas.

Sempre foi muito difícil dar aulas. Houve momentos em que posso dizer que foi um desastre. Não tenho medo de trabalhar, estou acostumada, mas esse tipo de trabalho, especificamente, é esgotante e quase debilitante. A época mais difícil foi um ano antes do telefonema, e o ano do telefonema também. Eu tinha vontade de chorar o tempo todo, de gritar, de reclamar e me desesperar, e tentei reclamar com algumas pessoas, ainda que nunca tenha conseguido chorar e reclamar tanto quanto gostaria. Tinha gente que me ouvia, e tentava ajudar, mas isso nunca durava muito tempo; a conversa tinha que acabar alguma hora. Nunca fui de revelar minhas emoções para os outros. Ainda estava dando aulas quando a Fundação telefonou, com a enorme diferença de que, depois do telefonema, achei que não continuaria a dar aulas. Tinha mais dois meses pela frente, e aí pararia, talvez para sempre.

Muitas vezes, no ônibus a caminho da universidade, de manhã, eu desejava que alguma coisa me salvasse, ou que acontecesse um pequeno acidente, um em que ninguém se machucasse, ou ao menos em que ninguém se machucasse muito, mas que me impedisse de dar a aula do dia.

O dia de aula começa assim. Pego um ônibus da minha cidade até a cidadezinha onde fica a universidade, uma hora ao norte. Não vou de carro, ainda que pudesse. Não quero mais essa responsabilidade em dia de aula. Não quero ter que pensar em dirigir.

Sento-me calada no ônibus, fico olhando pela janela. O ônibus me balança delicadamente de um lado para outro e me espreme contra o assento quando acelera, ou deixa um vazio repentino embaixo de mim quando passa por um calombo na estrada. Gosto de ser balançada pelo ônibus. Não gosto da melodia que está na minha cabeça. Leva um tempinho até eu reparar que a melodia já está na minha cabeça. Não é uma melodia de comemoração. É uma música chata e repetitiva que costuma ficar na minha cabeça, não sei por quê: é a "Dança do chapéu mexicano".

Queria também contar que estava quase sem dinheiro quando veio a notícia. Fazia muitos anos que eu não tinha tão pouco dinheiro no banco, embora tivesse alguns trabalhos previstos para a primavera. Agora, por fim, eu teria dinheiro suficiente, graças a vocês, e se não morresse primeiro.

Haveria dinheiro para pagar as contas, e até dinheiro extra para coisas que eu precisava ou queria comprar. Um par de óculos, por exemplo, talvez um com armação mais bonita, se bem que isso é sempre difícil de encontrar. Podia escolher uma comida mais cara no jantar. Mas assim que comecei a pensar no que daria para comprar com o dinheiro extra, fiquei ou constrangida ou com vergonha — porque é claro que óculos mais bonitos e um jantar melhor são ótimos, mas não necessários, e quantas coisas não necessárias eu poderia me permitir?

E aí começou a acontecer algo estranho. Eu às vezes me

sentia afastada da minha vida, como se estivesse flutuando por cima da minha vida, ou um pouco na lateral. Essa sensação de flutuar deve ter sido o resultado de que eu não estaria mais presa a nada, ou quase nada: pensei que não estaria presa ao meu emprego de professora, e pensei que não estaria mais presa por vários fios às outras tarefas, grandes ou pequenas, necessárias, que me dariam quatro, três ou dois mil dólares, para cobrir três, dois ou um mês. Estava flutuando, distinguindo a vista à distância, descobrindo mais da paisagem em círculo à minha volta.

O departamento organizou uma festinha para comemorar minha bolsa. Não é uma bolsa muito grande, mas o departamento gosta de celebrar tudo que o corpo docente faz. Querem que a administração da universidade tome conhecimento de todas as realizações dos professores, para que seus membros fiquem satisfeitos com o departamento. Mas a festa fez com que eu me sentisse mal. O departamento, e talvez a universidade inteira, agora me dava mais valor do que antes, e ao mesmo tempo eu queria deixar de trabalhar lá. Estava, na verdade, fazendo planos secretos para ir embora. Ou cortaria os laços completamente, ou teria com eles a relação mais tênue possível.

Acabou que não pude parar de dar aulas. Mas levou tempo até eu descobrir.

Nem sempre sou má professora. Minha dificuldade de dar aulas é complexa, e já pensei muito sobre o assunto: deve ser falta de organização minha, para começar, junto com exagero na preparação, depois a sensação de medo do palco e, já em sala de aula, má articulação das ideias e falta de presença diante dos alunos. Tenho dificuldade em olhá-los nos olhos. Falo com um fio de voz e não explico as coisas direito. Não gosto de usar o quadro-negro.

Não gosto de usar o quadro-negro porque não gosto de ficar de costas para a turma. Tenho medo de que, se eu ficar de costas, os alunos vão aproveitar para conversar ou estudar as anotações de outros cursos ou, pior ainda, vão ficar olhando para as minhas costas, e certamente não com admiração. Não usei o quadro-negro nem sequer uma vez no ano passado. Este ano comecei a usar. Quando uso, é com tanta pressa e tão sem jeito, e minha letra é tão ruim, que as palavras que escrevo saem pequenas e fracas e difíceis de ler.

Trabalho assim: tento o máximo possível não pensar na aula. Depois, quando já não há muito tempo, talvez apenas um dia ou uma noite, começo a preparar. Enquanto preparo, infelizmente, fico também imaginando a aula. E então sinto tanto medo da sala de aula e dos alunos que isso me paralisa e não consigo mais pensar com clareza. De vez em quando consigo controlar meu pânico — reprimi-lo, ou me convencer que ele não existe — e nesses casos, por minutos seguidos ou até por meia hora, consigo planejar a aula com calma. Então o pânico volta e já não consigo pensar. Todos os planos de aula me parecem equivocados, sinto que não sei nada, que não tenho nada para ensinar. E quanto mais trabalho me dá preparar a aula, mais apavorada fico, porque o tempo está passando e o momento da aula está chegando.

A sensação de que falei, de estar afastada da minha própria vida, é o que imagino ser a sensação de alguém que descobre ter uma doença fatal. Me deu também certa clareza de perspectiva — que pode vir, talvez, quando temos certeza da morte. Parecia que não era eu que tinha mudado, e sim tudo a meu redor. Estava tudo mais límpido, mais nítido, mais próximo, como se antes eu visse apenas uma parte de cada vez, e nunca tudo ao mesmo tempo, ou visse tudo, porém por trás de um véu, ou névoa. O que bloqueava minha vista antes? Havia um véu entre mim e o mundo, ou era eu que usava tapa-olhos, que me tolhiam a visão e me mantinham olhando só para a frente? Descobri isso apenas naquele momento — que eu tinha provavelmente o hábito de não olhar em torno. Não é que eu subestimasse tudo antes, e sim que não era possível ver tudo ao mesmo tempo. Mas por que não? Seria para que eu não me sentisse tentada por nada que custasse tempo ou dinheiro, ou para nem ter chance de pensar em nada que desviasse minha atenção? Precisava ignorar tanto do mundo, ou focar meu raciocínio na tarefa em questão, fosse qual fosse. Não podia deixar o pensamento rumar para onde bem entendesse, e daí para outras partes.

Agora tudo era diferente — como se eu tivesse voltado à terra e visse tudo de novo. Os objetos e seres estavam mais bonitos? Não exatamente. Talvez mais completos, mais reais, mais vitais. É assim que se sentem os que voltam de uma experiência de quase morte?

Já havia notado meu hábito de olhar pela janela do carro ou do ônibus, ansiando por lugares que nunca visitaria, que desejava visitar mas não visitaria — morei num lugar assim, uma casa de sítio meio dilapidada, na Califórnia, no meio de um bosque de eucaliptos e palmeiras, atrás de uma plantação coberta de mato. Tinha uma estradinha comprida, de terra, cheia de curvas que levava até a casa.

No caminho que pego hoje em dia para a universidade vejo da janela do ônibus uma paisagem parecida: uma antiga casa de sítio com edificações em torno e um campo entre a casa e a estrada principal. É uma casa bem simples, de madeira, com árvores frondosas formando um grupo em torno dela, dando-lhe sombra.

Eu achava que lugares assim tinham de ficar exatamente a esta distância, para poder ansiar por eles de longe, para serem quase imaginários e nunca poderem ser visitados. Agora, por uns instantes, sentindo-me fora da minha vida, pensei que poderia visitá-los.

Ao mesmo tempo, senti-me próxima dos desconhecidos. Era como se houvesse desaparecido uma partição que havia entre mim e eles. Não sei se tem a ver com a ideia de não mais estar dentro da minha própria vida. Acho que com "minha própria vida" quero dizer as preocupações do dia a dia, os planos, as restrições que já nem me pareciam relevantes. Notei essa sensação de proximidade com gente que não conheço principalmente no ponto de ônibus, que é onde vejo muitos desconhecidos juntos, na multidão, e os examino por uma hora inteira, às vezes duas, por exemplo, enquanto espero o ônibus noturno para voltar para casa e fico na lanchonete escrevendo cartas ou corrigindo os trabalhos dos alunos.

Devo dizer que uma vez a aula começada, a tensão é menor que nas horas anteriores e especialmente nos últimos dez ou vinte minutos antes do início. O pior momento é o último, na minha sala, em que levanto da cadeira, pego minha pasta e abro a porta para sair. Mesmo cinco minutos, os cinco minutos antes do momento de me levantar e sair da minha sala, é o bastante para me dar uma sensação de proteção, ainda que cinco minutos não seja de muita serventia. Mas dez minutos certamente é o bastante para me proteger daquele último minuto.

A esta altura eu já deveria saber que, uma vez começada, a hora em si não seria tão ruim quanto os vinte minutos que a antecederam, e sobretudo aquele último minuto. Se eu entendesse de verdade que a hora em si não seria tão ruim, aí não teria tanto medo, e é claro que aí os dez ou vinte minutos seriam menos difíceis. No entanto, não existe uma maneira, ou ainda não encontrei uma maneira, de me convencer disso. E, naturalmente, às vezes as coisas terminam de fato muito mal.

Uma vez, por exemplo, a discussão em sala de aula perdeu o rumo e alguns alunos fizeram comentários ofensivos a certos grupos de pessoas, comentários estes que, já que eu não soube como impedi-los, davam a impressão de serem também a minha opinião, ou de terem sido incentivados por mim. Alguns outros alunos, e eu também, fomos ficando constrangidos à medida que o debate se desenrolava. Um professor mais hábil teria ampliado a polêmica, teria conseguido resgatá-la, dirigindo-a a uma conversa sobre os perigos da generalização versus sua utilidade. Mas na hora não consegui pensar em nada, e a aula terminou mal. Mais tarde, em casa, pensei em argumentos bons e inteligentes que poderia ter usado, mas era tarde demais. Fiquei apreensiva até a aula seguinte, por causa do mal-estar que se instalaria. E eu tinha toda a razão.

Não é comum a discussão desandar. Os momentos de constrangimento são mais frequentes. Por exemplo, às vezes hesito ao falar, não porque esteja buscando a expressão perfeita ou a melhor imagem, mas porque perco o fio da meada e tenho que encontrar um jeito de concluir o pensamento de maneira lógica. Quando isso acontece, os alunos ficam siderados. Gostam muito mais quando estou tentando encontrar as palavras do que quando discorro com segurança. Quando isso acontece, quanto mais eles me encaram esperando o que vem a seguir, mais me perco. A solução é representar, esconder o fato de que estou praticamente paralisada, e forçar uma conclusão, ainda que temporária. Eles então perdem o interesse.

Mas meu maior receio em sala não são os maus momentos dos quais não consigo me desembaraçar ou as muitas ocasiões em que me sinto incapaz. É mais que isso. Não quero ser o centro das atenções de um grupo de alunos que esperam para ver o que vou dizer ou fazer. É um embate tão desigual. São muitos de um lado, em filas, olhando para um só, diante deles. Até o meu rosto parece mudar. Fica mais vulnerável, porque ninguém o vê com benevolência, como faria um amigo ou conhecido, ou até alguém num balcão de loja ou no banco, mas de forma crítica, como a um objeto estranho. Quando os alunos estão entediados, aí então é que meu rosto e meu corpo viram objetos estranhos a serem examinados com censura. Sei disso porque já fui aluna também.

É verdade que o primeiro encontro da turma é mais fácil que os subsequentes, porque há muito a fazer e sou muito competente nesse sentido. Faço chamada, depois explico o currículo e o que é esperado deles. Não me incomodo de ficar perdida em meio às listas e cópias xerox, porque a maioria dos professores fica assim no primeiro dia. Adoto a pose da professora competente, e eles acreditam em mim durante aquela primeira aula. Me ajuda o fato de eles terem experiência, a vida inteira, com muitos professores competentes, ou ao menos confiantes e fortes — isso me dá espaço para fazer o papel de professora confiante, e até dominante, e eles acreditam. Há ocasiões em que consigo representar um papel e convencê-los por um tempo.

Pode acontecer até de haver bons momentos durante uma aula. As discussões podem ficar interessantes, e os alunos arrebatados e envolvidos. Houve até aulas boas do começo ao fim. Gosto dos alunos — da maioria, não de todos. Sempre gostei, talvez porque, como eles dependem de mim para a nota, me mostrem sempre seu melhor lado, o mais gentil.

Gosto muito de ler o que eles escrevem. Cada semana recebo uma pilha novinha de textos, a maioria datilografada e bem-apresentada, pelo menos isso, e sempre espero encontrar um tesouro escondido. E em geral tem mesmo alguma coisa boa, e ocasionalmente uma ideia ou ao menos uma frase ou oração excepcionais. O que dá mais satisfação é quando um aluno que não demonstrou brilho algum até então de repente faz algo extraordinário. Acho que ler os trabalhos dos alunos é o que eu mais gosto em ser professora, em parte porque estou em casa sozinha, em geral deitada na cama ou no sofá.

Esses poucos bons momentos e as raras aulas que dão certo são, contudo, superados facilmente pelos momentos difíceis.

Quando recebi a notícia da bolsa, sonhei que poderia não só parar de dar aulas, mas finalmente deixar meu escritório e entrar na vida pública. Achei até que poderia concorrer a um cargo eletivo, ainda que não de alto escalão — o conselho municipal de educação ou o de planejamento. Depois mudei de ideia. Talvez fosse melhor passar a maior parte do tempo sozinha no meu escritório. Ou então ficaria no escritório, mas de lá escreveria uma coluna para o jornal local.

Em seguida pensei que talvez cada estágio da minha reação fosse um estágio necessário, e que finalmente eu voltaria a uma espécie de condição normal. E quem sabe não era isso mesmo que eu queria — sentir tudo que eu costumava sentir, e fazer tudo que estava habituada a fazer, com a diferença de que teria um pouquinho mais de tempo, e um pouquinho menos de trabalho, e um pouquinho mais de autoestima.

A universidade em que estudei, minha alma mater, nunca entrou em contato comigo depois da formatura, nem mesmo para saber notícias para a revista de ex-alunos ou para pedir doações para a universidade. Então, assim que a notícia da bolsa saiu num boletim acadêmico, a própria reitora me escreveu dando os parabéns. Disse que eu receberia uma carta me convidando para dar uma palestra lá, na primavera. Esperei, mas a carta nunca chegou. Escrevi perguntando, mas não me responderam. Depois de alguns meses, minha alma mater voltou a me escrever, mas só para mandar a revista dos ex-alunos e para pedir doações.

E aí eu enfim comecei a me sentir normal de novo. Por várias semanas me senti um pouco doente, e com medo de acidentes. Achei que ia morrer. Por que achei imediatamente que ia morrer? Será que minha vida de súbito valia mais devido a esta bolsa? Ou era porque agora que uma coisa boa tinha acontecido, tinha que acontecer uma coisa ruim? Será que eu temia não poder aproveitar esta oportunidade que me fora dada porque estaria morta? A bolsa me fora prometida, e eles, ou você, não podiam tirá-la de mim. Mas você teve o cuidado de avisar, na primeira carta que me mandou, que, se eu morresse, ninguém na minha família, por exemplo, nem minha mãe ou minhas irmãs ou meu irmão, podia ficar com a bolsa. O que não foi necessário explicar é que, se eu morresse, claro que nem eu podia ficar com a bolsa.

Ou será que achei que, agora que haviam me prometido algo tão bom, eu morreria antes de receber?

Tive impulsos generosos. Queria dar dinheiro para os amigos, notas de vinte dólares para desconhecidos na cidade. Pensei em doar algo para a estação de ônibus, tão triste e malcuidada, quem sabe umas plantas e uma prateleira de livros para a sala de espera.

Então fui alertada por uma amiga que tinha passado por isso. Ela disse para tomar cuidado: eu teria um impulso quase irresistível de doar todo o dinheiro.

Havia muitas coisas que eu sempre quis fazer e nunca pude por falta de tempo. Não levo jeito, mas gosto de dançar. Gosto de cantar, mas minha voz é fina e fraca. No entanto, é claro que este prêmio não me foi dado para fazer nada disso. A Fundação não tinha a intenção de me sustentar para eu ficar cantando e dançando.

Costumava sonhar com o que compraria se tivesse dinheiro. Agora uma combinação de vergonha e cautela me impedia de ser desajuizada ou imprudente. Mesmo assim, pensava de vez em quando no que gostaria de ter. Fiz uma lista: queria uma canoa, um piano melhor, uma mesa de jantar, um lote de terra, um trailer para colocar no lote, um laguinho com peixes, alguns animais de fazenda e um curral para eles morarem. Isso além de roupas melhores.

Pensei, contudo, que era preciso ter cautela. Se comprasse itens não necessários mas que me davam prazer, talvez fosse caro mantê-los, como o lote sobre o qual eu teria que pagar impostos. Ou então precisariam de cuidados constantes, como os animais.

Mas não comprei nada disso.

Depois que saiu o aviso no jornal da universidade, fiquei esperando a reação e as perguntas dos alunos na aula seguinte. Estava animada de poder conversar com eles sobre essa notícia importante. Queria falar sobre pesquisa, e como pode ser interessante fazer pesquisa. Achei que seria fácil falar sobre isso, e relevante também, e poderia aumentar o respeito que eles teriam por mim. Funciono muito melhor em sala quando acho que os alunos me respeitam. Me preparei para essa discussão, imaginando as perguntas e pensando nas respostas. Mas ninguém tinha ouvido falar da bolsa, e ninguém disse nada. Como eu tinha me preparado para as perguntas interessadas que me fariam, fiquei ainda mais constrangida e desajeitada que o normal.

Agora entendo por que estou lhe escrevendo tanto sobre a profissão de professora. Não tinha coragem de admitir, antes, o quanto me incomodava, porque era obrigada a aguentar. Aí pensei que nunca mais teria que dar aulas. E só então pude admitir que era uma tortura — ser colocada diante daquele público de alunos desinteressados ou quem sabe até debochados.

No início, pensei que meu medo de enfrentar a turma fosse normal: poucas coisas são mais apavorantes do que ficar diante de fileiras e fileiras de jovens indiferentes ou desdenhosos, expondo a seus olhares e opiniões toda a minha insegurança, minha aparência sem graça, minha falta de formação, minha falta de domínio sobre a turma. Lá isso era verdade. Mas já faço isso há muitos anos, em muitas universidades diferentes. Finalmente, no começo daquele ano importante, o ano do seu telefonema, quando o meu medo não sumira, não se evanescera como pensei, agora que eu já tinha experiência nesta universidade em particular, era preciso admitir que meu medo era exagerado e não normal. Alguns amigos concordaram comigo.

Por exemplo, no primeiro dia de aula do meu primeiro ano nesta universidade, tive o que hoje penso ter sido uma lesão psicossomática, se é esse o nome que se dá a uma lesão causada puramente por razões emocionais: acordei com um coágulo de sangue no olho. No espelho, parecia um monstro, grotesca. Não sei se, quando fiquei à frente da sala naquele mesmo dia, os alunos repararam no coágulo. Não tenho como saber, porque é óbvio que não diriam nada se fosse o caso. E é verdade que alunos desta idade estão mais preocupados com seus próprios assuntos do que com o professor, com ou sem coágulo no olho.

Mais para a frente, no mesmo semestre, tive uma grave infecção resultante de uma farpa na ponta de um dos dedos. Tive que operar para remover a farpa e fui dar aula com a mão enfaixada. A cirurgia deixou uma cicatriz e uma marca afundada na ponta do dedo, além de ter causado perda de sensação. Só posso encarar também essa cirurgia como uma tentativa patética de escapar das aulas.

Depois que o dedo ficou bom e tirei a faixa, comecei a cair no sono em momentos inconvenientes, por alguns minutos. Dormia não apenas no ônibus, o que é até normal, mas também em meu escritório, com a cabeça encostada na mesa ou com o pescoço para trás, e no meu carro, no estacionamento depois de fazer compras, e na cadeira do dentista, e na sala de espera do oftalmologista aguardando minhas pupilas dilatarem. Naturalmente, devo ter imaginado que dormir seria uma maneira de fugir da minha situação, ao menos por um tempinho.

Usei preto o semestre inteiro — casaco preto, sapatos pretos, calça preta e um suéter preto — como se fosse uma carapaça. Preto é de fato uma cor forte, e devo ter pensado que aparecer de preto convenceria os alunos que eu era forte. Meu papel era liderá-los com confiança. Mas não queria liderá-los — jamais quis ser líder de ninguém.

Quando eu já não esperava, os alunos descobriram a bolsa e começaram a fazer perguntas. Pareciam interessados de verdade. Acho que gostaram de ver sua professora como uma espécie de celebridade no campus. A novidade, a quebra da rotina, que para mim foi bem-vinda, também os deixou aliviados. Sempre que algo fora do comum acontece em sala, como uma tempestade repentina, ou uma nevasca, ou quando falta luz, ou o fato de eu aparecer com a mão enfaixada, eu relaxo um pouco e a hora flui mais tranquila.

O semestre já estava quase acabando. A última aula seria dali a oito dias.

Eu sentia a proximidade da morte, talvez porque estava chegando a hora de receber o primeiro cheque da Fundação. A única coisa que poderia me impedir de receber o dinheiro em janeiro seria a minha morte. Por isso achei que o ano novo traria com ele ou a minha morte ou o primeiro cheque da Fundação.

Na última aula, fizemos uma espécie de festa, ainda que antes os tivesse obrigado a estudar um pouco. Eu trouxe numa mochila, no ônibus, duas garrafas de sidra e também um saco de rosquinhas, também de sidra e bem gostosas. Dispusemos as carteiras num grande círculo, o que não foi ideia minha. Não sabia bem como organizar uma festa com vinte e cinco universitários. Achei que não seria muito animado eles ficarem todos sentados em fileira de frente para mim comendo suas rosquinhas farelentas. Mas colocar as carteiras ao longo das paredes e ficarmos todos de pé, como num coquetel, também não me pareceu uma boa ideia, já que nem todos os alunos eram amigos.

Agora eu estava até com pena de ter de me despedir deles. Era mais fácil sentir saudades e pensar neles com carinho quando já não precisava temê-los.

Uma vez terminado o semestre, com o peso da profissão retirado das minhas costas, é claro que continuei dando aulas na minha imaginação, pensando em mais uma tarefa de leitura, em mais um comentário sagaz que eu poderia fazer em aula. Imaginava-os sentados na sala, receptivos e interessados, quando na realidade já estavam todos em outros cursos, ou ainda de férias, sem nem se lembrarem de mim ou do meu curso, a não ser talvez para tentar adivinhar que nota tirariam.

Logo depois do Ano-Novo tive uma reunião com um contador, e ele me deu más notícias. Uma parte considerável do dinheiro da bolsa seria usada para pagar impostos — sobre a própria bolsa! Outra parte teria que ser depositada numa conta especial — para protegê-la dos impostos. O que sobrava não era o suficiente para pagar as contas. Entendi que teria que continuar procurando pequenos trabalhos, ocupações temporárias, exatamente como antes. Mas ainda achava que não precisaria dar aulas.

No entanto, quando isso tudo começou, eu não queria cortar completamente meus laços com a universidade. Achei que poderia dar palestras. Não tenho medo de falar em público, contanto que seja para ministrar uma palestra preparada de antemão. Poderia cobrar pequenos honorários por esse serviço, pensei. Mas meu plano de dar palestras foi por água abaixo. Me disseram que eu poderia receber um salário bem baixo se concordasse em dar um curso especial, curto, para pessoas da comunidade. Isso significa moradores do entorno da universidade, em geral pessoas mais velhas, muitas vezes já bem velhas, e com frequência excêntricas. Costumam também ser mais simpáticas e mais respeitosas com o professor, por isso a solução me agradou.

Depois disso deixei de ter medo de morrer. Será que foi porque já havia recebido parte do dinheiro? Será que achei que se morresse naquele instante, ao menos teria conseguido aproveitar um pouco da bolsa? Tive uma ideia que a princípio não me pareceu ter relação com meu medo de morrer: eu deveria me preparar para a morte já, de maneira que essa preparação estivesse "resolvida" e eu pudesse então cuidar da vida. Se a morte era o pior dos medos, o correto seria me reconciliar com ela. Como pude, porém, achar que isso nada tinha a ver com meu medo de morrer?

Estava também prestes a começar a carta para a Fundação, pensei. Escreveria que estava fazendo tudo com mais cuidado. Essa seria uma boa notícia para vocês. E escreveria também que, em vez de consumir mais, como agora podia, com um pouco mais de renda a minha disposição, meu desejo era me livrar de tudo que não fosse útil para mim, objetos que tenho em casa, empilhados sobre os livros, juntando uma camada espessa de poeira gosmenta, ou enfiados nos armários, guardados em caixas, entulhados no fundo do espelho do banheiro, estragando.

Ainda assim, sabia que talvez nada disso lhes interessasse.

Na carta que escreveria para a Fundação, não havia decidido ainda se contaria sobre meus projetos, mas quem sabe contasse que na minha vida anterior eu não tinha tempo para conversar com os vizinhos, por exemplo. Estava grata à Fundação por poder agora fazer coisas assim. Não pretendia contar que não estava trabalhando em nada importante, que passava os dias organizando coisas: remédios, loções e pomadas; revistas e catálogos; meias e lápis. Talvez eu tenha feito isso porque achava que ia morrer. Ou então que não merecia este prêmio e que, se a Fundação entrevisse por um instante como era minha vida, ficaria horrorizada com a desordem.

Não era isso que a Fundação tinha em mente quando me deu a bolsa. Meu medo era que achassem um desperdício de dinheiro. Agora era tarde para tomarem o dinheiro de volta, mas ficariam decepcionados ou até zangados.

Porém, talvez minha própria consciência me arrastasse mais cedo ou mais tarde de volta aos projetos que deveria estar desenvolvendo. E quem sabe a Fundação confiasse no fato de que minha consciência não me deixaria desperdiçar meu tempo, e consequentemente seu dinheiro.

Quando recebi a primeira mensalidade, quis comprar algo caro. Depois, um dia, quase comprei sem querer um suéter de $267. Achei caro, mas sei que tem muita gente que não concordaria. Eu tinha lido a etiqueta errado e achei que custava $167, o que já era caro o suficiente. Respirei fundo e resolvi comprar. Nem experimentei — fiquei com medo de perder a coragem. Mas quando a mocinha apresentou o recibo, notei o erro e tive que confessar que não ia ficar com o suéter, afinal. Era um cardigã vermelho normal. Não entendi por que o material e um único detalhe no modelo faziam com que fosse tão mais caro do que as roupas que costumo comprar.

Fiquei lá, perto do caixa, acho que para que a mocinha não pensasse que eu estava constrangida de ter mudado de ideia por causa do preço. Baixei o olhar para a vitrine de joias e gostei de um colar de $234. Era bonitinho, mas não tanto para eu gastar esse dinheiro todo. Depois perguntei o preço de uma pulseira de ouro e ela me falou que custava quase $400. "Ouro é caro, não é mesmo?", disse ela. Era uma pulseira simples, delicada, com discos pequeninos, fininhos, de ouro, enfiados num fio cujo material agora não consigo recordar. Era linda. Mas não importa, por mais linda que fosse, nunca eu gastaria $400 numa pulseira ou em qualquer outra joia. No fim das contas, comprei o que compraria de todo jeito, um par de brincos de $36.

Nem sabia se conseguiria usar roupas caras. Achei que sim, nem que fosse uma única vez, devia comprar uma coisa cara, como aquela pulseira. Mas será? Teve uma época em que decidi que o ideal era ter poucas roupas, todas simples porém bem-feitas. Ainda estava convencida disso. No entanto, se fossem bem-feitas, tinham que ser necessariamente caras? Vestir-me de modo simples não era suficiente, se as roupas simples fossem todas muito caras. Por outro lado, talvez a excelente qualidade pudesse ser compensada se eu comprasse as roupas em lojas de segunda mão. Seria uma boa forma de compensar. Mas aí comecei a me preocupar que estaria, quem sabe, tirando-as de alguém que realmente precisava delas.

Seria uma primavera cheia de coisas para fazer. O trimestre já tinha sido planejado muito tempo antes, com uma série de tarefas bastante aborrecidas de que não conseguiria mais me livrar, como escrever relatórios para editores, artigos breves, apresentar trabalhos em pequenas conferências. Sendo assim, minha vida não parecia ter mudado nada, com a diferença de que às vezes eu lembrava que não teria que dar aulas quando chegasse o outono — erroneamente, como se viu. O verão acabaria chegando, e eu estaria livre de todas as obrigações.

Quando o verão chegou, com a perspectiva desse pequeno curso que eu teria que dar, haviam se passado tantos meses que já me acostumara com duas sensações contraditórias: a de que tudo na minha vida mudara e a de que, na verdade, tudo continuava igual.

Estas aulas extras, aqui na universidade, nem era a primeira vez que eu dava, como lhe expliquei. Em outros anos, algumas iam bem e outras nem tanto. Lembro de me sentir tão fraca uma vez na primeira aula que fui obrigada a passar um exercício para os alunos, um exercício que inventei na hora, para poder sair da sala. Fui para a entrada do prédio e fiquei olhando um bosque de eucaliptos até me sentir melhor.

Alguns anos mais tarde, em outra universidade, teve uma turma que se reunia numa sala que havia sido o escritório de uma grande amiga minha. Nessa mesma sala eu tivera uma série de confrontos difíceis com ela. Talvez isso tenha tornado aquele semestre especialmente penoso. Logo na primeira aula, um aluno talentoso se manifestou de modo muito agressivo quando descobriu quais eram as minhas exigências para aquela disciplina. Ele desistiu do curso logo depois. Mais tarde, ofendi outra aluna ao fazer um comentário pessoal que foi mal interpretado.

O horário de atendimento era logo antes da aula. Nenhum deles aparecia, nem uma única vez, e por isso eu ficava no meu cubículo sozinha. Era um curso noturno, e o prédio estava quase vazio àquela hora, mas o cubículo ao meu lado era ocupado por um professor mais popular e bem-sucedido que eu. Eu ficava sozinha no prédio quase vazio ouvindo tudo que ele dizia para sua torrente constante e quase inesgotável de alunos.

Pensava: São só estas quatro horas por semana. As quatro horas acontecem uma de cada vez, duas na terça e depois mais duas na quinta — só quatro horas na semana toda. Mas cada uma projeta uma sombra longa e muito escura sobre o dia anterior, e até mesmo os dois dias anteriores, e essa sombra é mais escura ainda na manhã dos dias de aula, e ainda mais escura naqueles terríveis dez ou vinte minutos antes da aula, que incluem o último, quase insuportável minuto em que abro a porta do meu escritório.

É importante também lembrar que há gente no mundo fazendo trabalhos atrozes. Comparado com eles, este é um bom emprego.

Nesta carta estou escrevendo extensamente sobre a profissão de professora. Faço isso porque, quando recebi sua bolsa, achei que não precisaria mais dar aulas. Achei também, e ainda acho, que uma vez tendo se interessado pelo meu trabalho o bastante para me dar uma bolsa, também se interessariam por tudo a meu respeito, por tudo que tenho a dizer. Talvez não seja verdade, mas ainda assim prefiro acreditar que se interessam por mim e pela minha vida.

Meus hábitos mentais são tão arraigados que continuo a pensar as mesmas coisas, do mesmo modo, ainda que as circunstâncias sejam inteiramente outras. Porém, durante algum tempo, depois da notícia da bolsa, ao menos no início minha visão se expandiu. Eu enxergava mais pela periferia do campo de visão, e percebi que isso me dava prazer. Teve um dia, um dia pelo menos, em que peguei o carro e saí dirigindo por bairros aonde nunca tinha ido antes. Explorei o novo espaço, ou novo tempo, que me fora concedido. Depois, talvez sentindo a pressão das muitas tarefas que assumi para a primavera, minha visão se estreitou novamente, e fiquei concentrada nos afazeres imediatos e não nas possibilidades que se abriam para mim. Minha visão me levava apenas do café da manhã até o almoço e do almoço até o jantar.

Quando consegui chegar ao fim de todas as tarefas do trimestre de primavera, fui tomada por uma profunda preguiça. Isso me deixou muito surpresa. O que começou como uma imensa sensação de relaxamento, assim que a pressão do trabalho aliviou, tornou-se afinal uma preguiça espaçosa que me fazia recusar, renitente, tudo que me fosse pedido, a não ser que a pessoa estivesse ali, na minha frente. Qualquer pedido feito à distância, qualquer carta ou outra comunicação, eu simplesmente ignorava. Ou então respondia só para que parassem de insistir. Dizia que estava ocupadíssima para fazer fosse lá o que fosse, atarefada demais. Atarefada demais fazendo absolutamente nada.

Sou em geral uma pessoa cheia de energia. Consigo cumprir qualquer tarefa que me é exigida, consigo me forçar a qualquer coisa, e cumpro uma série de tarefas em sucessão, com grande rapidez e ao mesmo tempo atenção minuciosa a cada uma. Mas nesse momento, justo quando tinha a oportunidade de trabalhar num projeto que exigisse pesquisa, por exemplo, toda a minha energia se esvaiu de repente, fiquei indefesa, e repetia para todos e a respeito de tudo, "Sinto muitíssimo, estou ocupada, tenho muita coisa para fazer".

Não tinha como eles saberem, afinal de contas. Podia estar mesmo, ou não. Às vezes eu dizia, "Volte a me procurar em um ano". Isso porque era alguém legal, que eu não queria decepcionar. Ou então queria de fato fazer o que estavam me pedindo, contanto que não fosse no mesmo instante. E conseguia imaginar que alguma hora, no futuro, teria a energia necessária.

Tentava entender a razão desta estranha preguiça. Achei que podia ser o seguinte: tinham me dado algo que eu não fizera por merecer, algo que os outros achavam importante mas que a mim não parecia assim. Não me achava importante antes, e agora esta coisa que eu recebera me diminuíra ainda mais. Eu era certamente menor e menos importante do que aquilo que me fora dado. A Fundação agira me dando dinheiro. Tinha mudado a minha vida por um tempo, com uma decisão e um telefonema. Eu agira apenas no ato de dizer, Obrigada! Obrigada! Após dois anos, o período da bolsa se concluiria. Minha gratidão seria ativa ao longo desses dois anos — mas dá para considerar isso uma ação?

Um pouco da minha energia voltou, lentamente, e consegui cumprir algumas das tarefas — uma carta comercial num dia, uma pessoal no outro. Não tinha ainda escrito a carta para a Fundação. Hoje entendo que foi besteira prometer uma carta à Fundação. Ninguém pediu que eu escrevesse, mas como eu prometi, e como agora vocês estavam esperando receber uma carta minha, pensariam que eu era uma dessas pessoas que não cumprem o que prometem.

Uma tarde, no final do verão do primeiro ano da bolsa, peguei o ônibus de sempre, que seguiu a mesma rota que me levava à universidade. Naquele dia, contudo, era a primeira parte de uma viagem mais longa, que me levaria a outro lugar, bem longe de lá. Notei que quando o ônibus se dirigiu para o norte, no caminho usual, fui tomada por uma infelicidade imensa, ainda que não estivesse indo para a universidade. Como é estranho, pensei: a memória ainda está vívida demais para que eu a contemple com calma — a infelicidade está perto demais, à minha espreita, posso tropeçar de repente e cair, a qualquer momento, naquela realidade alternativa.

Pode ser difícil de acreditar, mas encontro alguns momentos de alegria antes da aula, apenas por ainda não serem a aula, ou porque ainda não estou no campus. Por exemplo, gosto de alguns estágios da viagem até lá: primeiro o ônibus até a cidadezinha onde fica a escola, depois o outro ônibus até o campus. O ônibus do campus é grátis se eu mostrar a carteirinha da universidade, e aprecio esse privilégio mais do que se possa imaginar. Para chegar do primeiro ônibus até o segundo, há uma revigorante caminhada à luz da manhã, da estação de ônibus até a rua principal, onde fica o ponto. Dura sete minutos, e passa por um restaurante onde, a esta hora, tem sempre um funcionário lavando o terraço e arrumando mesas e cadeiras. Passando o restaurante, atravesso a rua principal, viro à esquerda e subo uma ladeira de alguns quarteirões até o ponto de ônibus. A subida me faz bem ao coração, é o que sempre digo a mim mesma.

Antes de passar pelo restaurante, passo por uma agência de viagens. A combinação da agência com o restaurante, as mesinhas no terraço e a atividade de manhã cedinho me fazem pensar num país estrangeiro, num lugar longínquo. Por um momento, sinto-me como se estivesse distante, e isso aumenta ainda mais o desejo de não estar aqui.

Quando pego o ônibus da cidade um pouco mais tarde que de costume, tem uma parada extra na rota. Prefiro assim porque demora mais: depois de sair da cidade, o ônibus passa por um complexo de escritórios grande e isolado onde os funcionários percorrem com vigor os circuitos cheios de curvas desenhados pelas calçadas, sozinhos ou aos pares. Raramente alguém entra ou sai do ônibus nessa parada.

Para me consolar, penso num grande poeta francês, um poeta estranho, que deu aula numa escola secundária a vida toda porque era a única maneira de ganhar a vida. Ano após ano, os alunos debochavam dele. Acho que era isso, acho que li isso em algum lugar.

A lanchonete da estação de ônibus é onde passo a última parte da semana, ao anoitecer, antes da última viagem de ônibus a caminho de casa. É um momento sossegado, talvez o mais sossegado da semana, repleto do imenso alívio pelo fim da semana de aulas e imediatamente anterior ao período mais longo possível antes do início da nova semana, que trará com ela a primeira aula da segunda-feira.

Sempre compro alguma coisa, em geral um chocolate quente, para ter direito a uma mesa, aí procuro uma mesa limpa, ou eu mesma limpo a mesa para dar lugar às minhas coisas. Me acomodo para ler ou para corrigir provas. As mesas da lanchonete são grandes e fortes e bem-feitas, com superfícies lisas de um plástico amarelo agradável ao toque e cantos em madeira clara laminada. Fico inteiramente satisfeita com meu chocolate quente, meu guardanapo branco, meu livro ou minhas provas.

Nada me falta naquele intervalo de tempo. As duas horas se passam em absoluta tranquilidade, uma tranquilidade que não seria possível numa situação mais complicada, em que houvesse a possibilidade de escolher, por exemplo. Há ruídos por todo lado, mas nenhum me incomoda. Ouço os funcionários da lanchonete rindo, brincando uns com os outros, e penso que são companheiros, de certa forma. Me agrada a algazarra das máquinas de fliperama no canto da sala, sendo o som mais persistente uma voz solene que narra o início do 18-Wheeler, as buzinas insistentes da carreta num embate com os gritos, pancadas e lutas de espada de outra máquina de fliperama; e numa reta de colisão com esses ruídos, as vozes jovens e animadas que apresentam o Jogo de Tiro Esportivo EUA, com gritos pré-gravados de torcidas entusiásticas.

Mas quando começa a semana seguinte e estou a caminho da universidade, indo para a primeira aula, tenho que passar pela lanchonete, a mesma que foi um santuário no final da semana anterior. Ouço os barulhos familiares, os funcionários chamando uns aos outros, os trilos, roncos e baques, e as vozes gravadas do fliperama. Ouço tudo isso, não repetidas vezes, como quando estou sentada lá, à noite, com meu chocolate quente, mas apenas por um instante, passando pela porta com minha pasta na mão. Posso até querer entrar na lanchonete, mas nem sequer admito isso. Ao contrário, direciono minha atenção e meus passos para a saída da estação, para a rua principal e para o ônibus do campus, e os ruídos da lanchonete vão ficando para trás. Uma vez que o santuário não está ao meu alcance naquele momento, ele de nada me serve, como se nunca tivesse estado ao meu alcance. Na verdade, como não posso entrar, preferia nem ter que vê-lo ou passar por ele. Cada vez que passo, sinto tudo ao mesmo tempo, alívio e apreensão, mas a apreensão vence.

Um ano depois de receber a notícia, meu desejo era voltar ao que eu considerava minha condição normal. Isso já tinha, de certa forma, acontecido, mas notei que a condição normal incluía certas sensações de restrição. Não sentia mais a mesma liberdade do início, de quando recebi a notícia. Estava de novo preocupada o tempo todo, como sempre. Fazia e refazia minha agenda. Registrava quanto tempo levavam as tarefas domésticas. A ideia era somar os minutos necessários para cada tarefa e calcular o mínimo de tempo que eu precisava dedicar a esse trabalho tão aborrecido.

Tinha uma sensação de liberdade por causa da repentina mudança na minha vida. Comparada ao que era antes, sentia-me imensamente livre. Com o tempo, no entanto, uma vez habituada a essa liberdade, mesmo as tarefas mais insignificantes se tornaram difíceis. Ou talvez fosse um pouco mais complicado que isso. Por vezes eu fazia exatamente o que tinha vontade de fazer — deitava no sofá e lia um livro, ou aproveitava para digitar num antigo diário — e, de repente, vinha o desespero mais aterrador: a mesma liberdade que eu estava vivenciando parecia me dizer que as atividades do meu dia eram arbitrárias, e que portanto toda a minha vida e a maneira como eu a vivia eram arbitrárias.

Essa sensação de arbitrariedade é parecida com o que senti depois de um acidente num restaurante perto de outra estação de ônibus. Espero que não se incomode se eu contar esta história agora. Me parece pertinente, de alguma forma, ao que senti quando a Fundação me concedeu a bolsa de dois anos.

Esperava uma amiga que chegaria de ônibus. Estava na estação. Era outra, na cidade onde nasci, não aquela pela qual passo sempre a caminho da universidade. Haviam me dito que o ônibus estava muito atrasado, de modo que depois de hesitar por algum tempo decidi ir até o restaurante do outro lado do estacionamento para comer alguma coisa enquanto esperava.

Era um restaurante grande e popular, com muitas mesas e um balcão comprido. Está lá há anos, décadas até. O lugar estava cheio, era hora do jantar. Sentei a uma mesa pequena e perto de mim havia um senhor, sentado ao balcão. Uma garçonete inexperiente e jovem tomava o pedido dele. Ele queria um peixe. Num tom de voz entediado, ela sugeriu a truta com amêndoas, e ele aceitou. A garçonete inexperiente fez o pedido para a cozinha pela janela. Uma garçonete mais velha ouviu o pedido e apareceu.

"O sr. Harris não pode comer amêndoas", disse ela para a outra. "Sr. Harris, o senhor não pode comer amêndoas. Não pode pedir a truta. Tem amêndoas."

O velhinho pareceu um pouco confuso, mas voltou os olhos novamente para o cardápio e pediu outro prato enquanto a garçonete jovem esperava, indiferente.

Gostei de ver a garçonete mais velha cuidando da saúde do cliente fiel. Depois pensei outra coisa, estranha mas não desagradável: eu poderia não ter testemunhado essa cena se tivesse ficado na estação. Estaria do outro lado do estacionamento, sentada na sala de espera, enquanto tudo isso acontecia. E tudo aconteceria de qualquer modo. Nunca havia pensado de maneira tão clara sobre todas as cenas que acontecem quando não estou presente para testemunhá-las. E então tive uma ideia ainda mais estranha e menos agradável: não apenas eu não era uma presença necessária a essas cenas, nem necessária a essas vidas que continuariam sem minha presença, como na verdade eu não era nada necessária. Não precisava existir.

Espero que entenda como isso tudo faz sentido.

Quando havia passado exatamente um ano do dia em que recebi a notícia da bolsa, decidi por fim terminar a carta a vocês, a Fundação. Era um dia apropriado para uma ação assim, uma vez que se tratava de uma efeméride.

Naturalmente, me ocorreu também que outra data possível para escrever a carta seria o último dia da bolsa, mais ou menos um ano depois, e de fato um ano se passou.

No entanto, essa data também se foi, vieram outras, sem que eu escrevesse ou enviasse a carta.

Agora a data inicial da bolsa está no passado longínquo, e eu continuo dando aulas. A bolsa não me protegeu para sempre de ser obrigada a dar aulas, como pensei. Na verdade, apesar de minha carga horária ter diminuído naqueles dois anos, eu nunca parei por completo. A qualidade da minha pesquisa não era suficiente para que isso fosse possível. Descobri que, para continuar como membro do corpo docente da universidade, não poderia nunca parar de dar aulas.

Hoje, passaram-se muitos anos desde que comecei a pensar no conteúdo desta carta. O período da bolsa acabou faz tempo. Os senhores mal se lembrarão de mim, nem mesmo quando consultarem seus arquivos. Agradeço muito pela paciência e peço desculpas pelo longo atraso. Concluo com minha sincera gratidão.

Cordialmente.

Resultados de um estudo estatístico

Pessoas que eram conscienciosas
quando crianças,
viveram mais.

Revisar: 1

O fogo não precisa ser classificado como quente ou vermelho. Eliminar muitos outros adjetivos.

O ganso é disparatado demais: sai o ganso. Já basta a busca pelas pegadas.

A cabeça pequena será ofensiva: eliminar a cabeça pequena. (Mas o Eliot gostava tanto da cabeça pequena porque de fato corresponde à realidade.) A cabeça pequena sai, mas é substituída por uma cabeça afilada.

Qual o melhor momento para o chapéu de abas largas aparecer? A mulher, uma viajante e professora de língua inglesa, foi identificada erroneamente devido ao seu chapéu de abas largas e foi presa, acusada de atividades subversivas. Ela poderia usar o chapéu naquele instante ou um pouco mais tarde. Será que o nome dela é Nina? O chapéu passa do início para o fim e volta ao início.

Seria justo dizer que ele nunca se casará? Na verdade, ele acaba ficando noivo da vizinha, no último minuto, por isso não se pode dizer que ele nunca se casará.

Depois, Anna se apaixona por um homem chamado Hank, mas alguém diz que ninguém nunca se apaixonaria por um homem com o nome de Hank. Sendo assim, o homem não mais se chama Hank e sim Stefan, ainda que Stefan seja um menino que mora em Long Island e tem uma irmã chamada Anna.

Conversa breve
(no saguão do aeroporto)

"Esse suéter é novo?", uma mulher pergunta a outra, a quem não conhece, sentada a seu lado.
A outra responde que não.
A conversa acaba aí.

Revisar: 2

Continuar com Bebê mas eliminar Prioridades. Prioridades vira Prioridade. Cortar no interior de Ir Adiante. Acrescentar a Paradoxo que o tédio está contido no interesse, enquanto o interesse está contido no tédio. Eliminar isso. Encontrar Tempo. Continuar com Tempo. Continuar com Esperando. Acrescentar a Bebê que sua mão se fecha em torno da perna de um sapo esquisito. Acrescentar Prioridade e Nervosa a Revisar: 1. Seguir Kingston com Família e Supermercados. Continuar com Rabugento. Iniciar Kingston com um Tigre Siberiano.

Guarda-volumes

O problema é o seguinte: ela está de passagem pela cidade e precisa passar uma tarde na biblioteca pública. Mas o guarda-volumes da biblioteca não aceita ficar com sua mala — será preciso deixá-la em algum lugar. A resposta parece óbvia: é só descer a rua até a estação de trem, guardar a mala e voltar para a biblioteca. Ela caminha até a estação contra a chuva e o vento, com um pequeno guarda-chuva numa das mãos e puxando a mala de rodinhas com a outra. Anda pela estação toda à procura do guarda-volumes. Há restaurantes e lojas, um lindo teto em abóbada decorado com o céu e suas constelações, pisos e paredes de mármore, escadarias e passarelas elegantes, mas nada de guarda-volumes. Na cabine de informações, ela pergunta pelo guarda-volumes e um funcionário mal-humorado busca, sem dizer palavra, um folheto embaixo do balcão para lhe passar. É o anúncio de um guarda-volumes comercial com dois endereços, nenhum dos quais fica na estação. Ela precisará andar vários quarteirões na direção norte, ou então vários quarteirões na direção sul.

Ela caminha na direção norte, no vento e na chuva, depois

erra e segue para o leste, depois para o oeste, na direção certa, e encontra o endereço, um prédio antigo, estreito, entre uma lanchonete e uma agência de viagens. Sobe no elevador com um casal que está planejando se casar no Brasil. Estão a caminho do cartório. A mulher explica ao homem que ele precisa jurar, diante do escrivão, que nunca foi casado. Além do cartório e do guarda-volumes, nesse prédio tem um escritório da Western Union, onde é possível enviar e receber dinheiro.

Todo o pequeno último andar, o sexto, é ocupado pelo estabelecimento que guarda volumes — há uma sala na frente e outra nos fundos. O lado que dá para a rua está banhado pelo sol. Na sala dos fundos, uma mesa dobrável foi colocada no vão da porta, e um homem está sentado do outro lado, com um rolo bem grande de etiquetinhas azuis, como as que são distribuídas nos brinquedos em parques de diversão. Ele sorri e fala com ela num sotaque da Europa Oriental. Tem um sorriso simpático. Faltam-lhe alguns dentes e outros são tortos. Ela paga adiantado dez dólares, entrega a mala ao homem e pega a etiqueta azul. Então toma o elevador e começa a caminhar no vento e na chuva de volta para a biblioteca, pensando na mala. Na pressa e na confusão, esqueceu-se de trancá-la. Torce para que seu dinheiro em moeda estrangeira não seja roubado.

Acaba de chegar à cidade vindo de outra cidade, em outro país. Lá as coisas são diferentes, ela pensa: lá, existia um armário com fechadura bem no meio da estação, e o armário se abria para uma esteira rolante que levava toda a bagagem para uma área especial. Lá, ela havia depositado sua mala no armário, por um preço equivalente a cinco dólares, que pareceu caro a um homem ao lado dela. Ele abriu os olhos e disse, "*Donnerwetter!!*". Quando foi buscar a mala, ela lhe foi devolvida no mesmo lugar, pela esteira rolante. Ela pensa nisso enquanto caminha. Depois vai se esquecer, ao trabalhar no silêncio frio da sala quase vazia da biblioteca. Mas enquanto caminha, ela pensa, Mas agora estou em casa, e é assim que as coisas são aqui, nesta cidade, neste nosso país.

Esperando a decolagem

Estamos no avião há tanto tempo, em solo, esperando a decolagem, que uma mulher declara que vai finalmente começar a escrever aquele romance, e outra, num assento vizinho, responde que será um prazer editá-lo. Estão vendendo lanche no corredor e os passageiros, ou porque estão com fome depois de tanto esperar ou porque acham que talvez seja o último lanche a aparecer por um bom tempo, compram com avidez, até itens que normalmente não comeriam. Por exemplo, tem umas barras de chocolate tão grandes que poderiam ser usadas como arma. O comissário de bordo que vende o lanche conta que uma vez foi atacado por um passageiro, ainda que não com uma barra de chocolate. Como o avião estava muito atrasado, contou ele, o passageiro jogou um drinque na cara dele, danificando seu globo ocular com uma pedra de gelo.

Indústria

diatribe a partir de Flaubert

Como a natureza se ri de nós —
E como é indiferente o baile em que dançam as árvores —
e a grama, e as ondas!

O sino do navio de Le Havre toca com tanta fúria que sou obrigado a parar de trabalhar.

Que bulha faz uma *máquina*.
Que bulício produz a indústria!
Quantas profissões tolas nascem daí!
Quanta estupidez daí provém!
A humanidade está se transformando em animal!

Para fabricar *um único pino* são necessários *cinco ou seis especialistas diferentes*.

O que podemos esperar do povo de Manchester — que passa a vida inteira fabricando *pinos*?!!

O céu sobre Los Angeles

O céu está sempre sobre certa casa de subúrbio em Los Angeles. À medida que o dia passa, o sol aparece pela janela ampla a leste, depois ao sul, depois a oeste. Quando olho para o céu pela janela, vejo nuvens do tipo cúmulos se empilhando de repente em formas geométricas complexas, de cor pastel, para logo desabarem e se dissolverem. Depois de isso acontecer uma série de vezes seguidas, me parece afinal possível voltar a pintar.

sonho

Dois personagens num parágrafo

O conto tem só dois parágrafos. Estou trabalhando no final do segundo parágrafo, que é o fim da história. Estou concentrada no trabalho, virada de costas. Enquanto escrevo o final, veja só o que eles estão aprontando no início! E não estão nem muito longe! Ele parece ter deslizado de onde estava e paira sobre ela, a apenas um parágrafo de distância (no primeiro parágrafo). Verdade que é um parágrafo denso, e eles estão bem no meio, e está escuro lá dentro. Eu sabia que estavam os dois lá dentro, mas quando saí e fui para o segundo parágrafo, não havia nada entre os dois. E agora veja só...

sonho

Nadando no Egito

Estamos no Egito. Vamos fazer mergulho submarino. Montaram um tanque de água enorme em terra à beira do Mediterrâneo. Prendemos os cilindros de oxigênio às costas e entramos no tanque. Descemos até o fundo. Lá, um feixe de luz azul brilha na entrada de um túnel. Entramos no túnel. O túnel vai dar no Mediterrâneo. Nadamos sem parar. Na extremidade do túnel, vemos mais luzes, luzes brancas. Depois de passarmos pelas luzes, saímos do túnel e estamos de repente em mar aberto, que se estende um quilômetro, ou mais, abaixo de nós. Há peixes em torno e acima de nós, nos corais. Achamos que estamos voando, sobre o abismo. Esquecemos, por ora, que não devemos nos perder, que precisamos encontrar o caminho de volta até a entrada do túnel.

sonho

A língua falada pelos objetos da casa

A lavadora no ciclo centrifugação: "Paquistão, Paquistão".

A lavadora agitando a roupa (ciclo lento): "Fugitivo, fugitivo, fugitivo, fugitivo".

Pratos chacoalhando no cesto do lava-louças: "Clamante".

O liquidificador de vidro batendo contra o fundo da pia de metal: "Cambalacho".

Panelas e tigelas chacoalhando na pia: "Tabaco, tabaco".

A colher de pau contra a tigela de plástico, mexendo a massa de panqueca: "E pra quê, e pra quê?".

Um queimador chacoalhando em sua assadeira: "Bonança".

A ventosa do apontador de lápis puxada do alto da estante: "Fungicida".

Canetinhas pilot rolando na gaveta que é aberta e depois fechada: "Fruta preta".

A tampa de um pote de manteiga cremosa sendo arrancada e em seguida posta sobre a bancada: "Horoscopia".

Uma colher mexendo fermento numa tigela: "Unilateral, unilateral".

Será que subliminarmente estamos o tempo todo ouvindo palavras e frases?
Essas palavras e frases devem se deixar ficar na superfície do nosso subconsciente, disponíveis.
Quase sempre, tem de haver um componente oco: uma caixa de ressonância.

Água descendo pelo ralo da pia da cozinha: "Futebol à noite".

Água entrando numa jarra de vidro: "Maomé".

O vidro de parmesão vazio quando colocado na bancada: "Creia-me".

Um garfo tilintando contra a bancada: "Volto já".

A escumadeira retinindo ao ser colocada no fogão: "Paquistanês".

Uma panela na pia com água correndo: "Profundo respeito".

Uma colher mexendo um pote de chá: "Iraque, -raque, -raque, -raque".

A lavadora no ciclo agitar: "Pipoca, pipoca, pipoca".

A lavadora no ciclo agitar: "Colabo-ra, colabo-ra".

Talvez as palavras que ouvimos dos objetos da casa já estejam no cérebro, vindas das nossas leituras; ou do que ouvimos no rádio ou das conversas que temos; ou do que lemos na rua pela janela do carro, por exemplo a placa do Sítio Cambalacho; ou são só palavras de que gostamos, como Roanoke (na Virgínia). Se essas palavras ("Iraque, -raque") estão sempre no tecido do cérebro, então é porque ouvimos precisamente o ritmo correspondente à palavra, junto com mais ou menos as consoantes certas e algo bem próximo das vogais apropriadas. Quando acertamos o ritmo e as consoantes, o cérebro, já com as palavras guardadas em algum lugar, trata de nos fornecer as vogais corretas.

Duas mãos, uma lavando a outra na pia: "Aspas, aspas".

Botão do fogão ligando: "Rick".

Batedor de tapete em metal sendo pendurado no gancho que fica na parede revestida de madeira na escada do porão: "Carboidrato".

Pé molhado de homem guinchando no acelerador: "Elisa!".

Os diferentes sons da língua são produzidos da seguinte forma: as consoantes duras, por objetos duros contra superfícies duras. As vogais, com espaços ocos, como o interior do pote de manteiga cuja tampa e volume interno produziram o som da palavra "horoscopia" — "horo" quando a tampa estava soltando e "scopia" quando estava sendo posta na bancada. Algumas vogais, como o "a" e o "e" em "clamante", ditas pelos pratos no lava-louças, são providas pelo cérebro para preencher o que percebemos como apenas consoantes: "clmnt".

Ou as consoantes têm a função de pontuar e obstruir os sons das vogais; ou as vogais têm a função de preencher e colorir as consoantes.

Faca com cabo de madeira batendo na bancada: "Bacalhau".

Secador de folhas sendo colocado na bancada: "Júlia! Dá uma olhada!".

Ralo gorgolejando: "Horticult".

Caixa de suco de laranja sacudida uma só vez: "Gênova".

Gato saltando nos azulejos do banheiro: "Va bene".

Chaleira sendo colocada sobre cerâmica: "Palermo".

Cesto de roupa suja feito de vime quando se ergue sua tampa: "Vobiscum" ou "Wo bist du?".

Espirro: "Assim".

O zíper do anoraque sendo aberto: "Allumettes".

O ranger do filtro de arame da secadora quando se passam os dedos para limpá-lo: "Filadélfia".

Água sendo sugada pelo ralo da pia da cozinha: "Dvořák".

Primeira pressão da água saindo do reservatório da privada: "Rudolph".

Não creio ter ouvido ou lido tais palavras recentemente — isso significa então que sempre tenho a palavra "Rudolph", por exemplo, na cabeça, quem sabe por causa do Rudolph Giuliani ou, mais provável, do "Rudolph, a Rena do Nariz Vermelho"?

Zíper: VIP

O sacolejar dos utensílios usados para lavar panelas: "Colaboração".

O atrito do chinelo de borracha com o piso de madeira: "Echt".

Quando ouvimos uma dessas palavras, e prestamos atenção, provavelmente ouviremos outras. Quando deixamos de prestar atenção, deixamos de ouvi-las.

É possível ouvir o grasnido de patos no raspar da faca contra o plástico da tábua de carne. Os patos aparecem também no guincho da esponja molhada limpando a prateleira da geladeira. Mais fricção (esponja molhada) produz um guincho, enquanto menos fricção (esponja seca) produz um suave roçar. Dá para discernir uma melodia de lamentação em um ventilador ou em dois ventiladores juntos quando há uma leve variação no som produzido.

Não há nenhuma ligação relevante entre a ação ou o objeto que produz o som (pé de homem no acelerador) e o significado da palavra ("Elisa!").

Pássaro: "Dix-huit".

Pássaro: "Margueríte".

Pássaro: "Ei, Frederíka!".

Tigela de sopa na bancada: "Fabrizio!".

As lavadeiras

história a partir de Flaubert

Ontem fui a uma vila, a duas horas daqui, que visitei há onze anos com nosso querido Orlowski.

As casas eram as mesmas, e também o penhasco e os barcos. As mulheres lavando roupa à beira do rio estavam ajoelhadas na mesma posição, em números iguais, e batiam sua roupa suja na mesma água azul.

Chovia um pouco, como da outra vez.

Parece, por vezes, que o universo ficou imóvel, virou pedra, e apenas nós ainda estamos vivos.

Como é insolente, a natureza!

Carta a um gerente de hotel

Caro Gerente,

Escrevo para alertá-lo de que a palavra "cherne" está grafada erradamente no cardápio de seu restaurante. Aparece como "scherne", com "sch". Essa grafia me intrigou quando li o cardápio ontem, jantando sozinha na primeira de minhas duas noites no hotel, no seu restaurante do térreo, adjacente ao lindo saguão decorado com painéis em madeira talhada, teto alto em abóbada e a longa fileira de elevadores com portas douradas. Pensei que talvez a grafia estivesse correta e o erro fosse meu, uma vez que estava aqui, no estado e na cidade do cherne, e da caldeirada de cherne. Quando, porém, cheguei ao saguão na noite seguinte, prestes a jantar em seu restaurante pela segunda vez, agora com meu irmão mais velho, e enquanto esperava por ele no saguão, algo que em geral não me incomodo de fazer se o ambiente for agradável e eu estiver animada para um jantar gostoso em boa companhia, apesar de que nessa ocasião meu irmão atrasou bastante e eu já estava começando a me preocupar e achar que alguma coisa tinha acontecido com ele, comecei a ler um panfleto que me fora oferecido pelo simpático recepcionista do hotel, cuja conduta, assim como a de toda a equipe, com a possível exceção do gerente do restaurante, era tão espontânea e gentil que só aumentou o prazer de minha estadia em seu estabelecimento, aproveitei para perguntar ao rapaz se existia algum relato histórico do hotel, uma vez que tantos personagens interessantes e famosos ficaram ou trabalharam ou comeram ou beberam ali, incluindo minha tataravó, que aliás não era famosa, e nesse panfleto, imagino que escrito pelo próprio hotel, descobri que seu restaurante diz ter sido o inventor da caldeirada de cherne, prato tão famoso na cidade. Lembrei também, talvez erroneamente, de ver "cherne" escrito "xerne" em algum outro lugar, a não ser que seja outra palavra, com outro significado. Pensei, talvez por engano, que "scherne" fosse o nome de um prato, talvez em homenagem ao cozinheiro que o criou. Não entendo muito de cozinha, mas não me pareceu um nome muito apetitoso para um prato. Por um momento, na noite anterior, como disse, pensei que "scherne" talvez fosse a grafia correta, mas depois tive quase certeza de que não era, porém não sabia se o correto seria "cherne" ou "sherne", ou até "xerne", que agora não me parece possível. O importante, nisso tudo, é que nunca tinha visto "cherne" escrito com "sch". Na segunda noite, entretanto, encontrei uma explicação, talvez falaciosa, na ligação entre o sotaque com que seu gerente se dirigiu a mim e a meu irmão quando jantávamos no restaurante, e a grafia da palavra "cherne". O gerente estava presente no salão em ambas as noites em que lá comi, e apesar de solícito, me pareceu um pouco ríspido, não em seu trato comigo, em particular, mas com todos os clientes, e na segunda noite ele parecia querer abreviar uma conversa que eu havia iniciado a respeito de uma sugestão minha de que o restaurante passasse a oferecer caldo de feijão, uma vez que também é uma comida típica daqui e o restaurante se orgulha de ser o inventor da torta de creme, uma sobremesa conhecida na região, sendo até a sobremesa oficial do estado, como descobri lendo o panfleto do hotel, onde vi que vocês também inventaram o brioche que leva o nome do hotel e que é conhecido em todo o país. O gerente deixou transparecer sua impaciência em concluir a conversa e passar a outra coisa, embora não tenha ficado exatamente claro ao que passaria, não havendo tarefas urgentes que exigissem sua atenção, a não ser a tarefa de andar com ar presunçoso — isto é, com postura exagerada — de uma a outra ponta do salão, uma sala esplêndida, sempre um pouco na penumbra, indo da larga porta de entrada por onde algumas poucas pessoas vinham do saguão para jantar até o que suponho ser a porta da cozinha, bem disfarçada atrás de uma espécie de bar e dois grandes jarros com palmeiras. Seja como for, reparei enquanto conversava conosco, levemente inclinado em nossa direção mas a cada pausa fazendo um gesto de partida, que seu sotaque parecia alemão, e isso me fez pensar, mais tarde, a respeito da grafia errada da palavra "cherne", e me fez especular que o "sch", extremamente germânico, poderia ser obra dele. Essa conclusão quiçá seja injusta, e talvez tenha sido outra pessoa, alguém mais jovem, o responsável por "cherne" estar escrito "scherne", sendo que o gerente não reparou no erro devido a sua predisposição germânica para palavras iniciadas por "sch". Devo acrescentar aqui, em sua defesa, que, apesar de seus modos ríspidos, ele me pareceu receptivo a minha recomendação de que o restaurante incluísse no cardápio o caldo de feijão. Explicou que antigamente serviam potinhos de caldo de feijão e pão e manteiga como couvert, mas pararam quando todos os outros restaurantes da cidade passaram a fazer o mesmo. Não queria que ele pensasse que eu aprovava a ideia dos potinhos. De forma alguma; achei uma péssima ideia. Caldo de feijão antes da refeição não é um bom tira-gosto, por ser pesado demais. Não, não, eu disse, seria interessante que o caldo fosse simplesmente incluído no cardápio. Adoro caldo de feijão e havia ficado decepcionada de não encontrar essa opção no menu, neste restaurante típico da região, juntamente com o cherne, o brioche e a torta de creme, tudo que pedi na segunda noite. Meu companheiro de mesa, meu irmão, tolerou bem essa conversa longa e quem sabe um pouco sem sentido, ou porque estava satisfeito em finalmente ver-se num bom restaurante, com um copo de vinho, depois de um dia difícil, trançando de um lado para outro de uma cidade que não é a dele, tentando resolver pendências relativas ao inventário da nossa mãe, nem todas as quais ele conseguira concluir com sucesso, ou então porque meu comportamento lembrava o dela, a nossa mãe, que tantas vezes conversava com desconhecidos, ou melhor dizendo, e sendo mais verdadeira, que mal podia deixar um desconhecido passar sem pegá-lo num papo, descobrindo algo sobre sua vida ou informando-o de alguma firme convicção sua, nossa mãe que morrera no outono passado, para nosso grande desgosto. Ainda que, naturalmente, muitos de seus hábitos nos irritassem quando ainda vivia, agora gostamos de nos recordar deles porque sentimos saudades dela, e estamos talvez adotando esses mesmos hábitos, se é que já não os adotáramos havia muito. Acho até que meu irmão também acrescentou uma sugestão à minha, mesmo que agora eu não consiga mais lembrar o que foi. Essa foi a segunda vez, aliás, que chamamos o gerente a nossa mesa, agora por recomendação do garçom, que tinha gostado da minha ideia. A primeira vez que acenamos para ele não foi para falar da grafia de "cherne" nem da ausência de caldo de feijão no cardápio, mas de outro cliente no salão quase vazio, uma velhinha muito distinta, com um coque grisalho na nuca, sentada numa banqueta estranhamente baixa, ao lado de sua acompanhante bem mais jovem, o que a obrigava a esticar o braço bem alto para alcançar a comida em cima da mesa. Reparara nela também na noite anterior, quando sentei perto das duas e o salão estava mais vazio ainda e tive a oportunidade de entabular uma conversa com a acompanhante durante a qual descobri que a velhinha morava perto e vinha jantar no hotel toda noite fazia muitos anos, e que na verdade eu ocupara sem querer o lugar dela, na parte mais clara do salão. A acompanhante, depois de consultar a velhinha, especificou que ela jantava lá havia trinta anos, o que me espantou deveras, porém na segunda noite, conversando com o gerente, ele corrigiu esse número para meros cinco ou seis anos. Tive a ideia de sugerir, e quem sabe não foi porque tinha tomado meu copo de Côtes du Rhône, e que me inspirou, que o hotel fizesse um registro fotográfico da velhinha e o pendurasse num dos quartos, já que ela agora fazia parte da história do estabelecimento. Ainda acho uma boa ideia, e penso que o senhor deve levá-la em conta. De fato, mais tarde fui até a mesa das duas, da velhinha e sua acompanhante, quando já estavam saindo, e dei a elas a mesma sugestão, tendo elas ficado muito satisfeitas. Não achei, no entanto, que seria educado falar da grafia de "scherne" direto com o gerente, e por isso trato do assunto nesta carta. Minha estadia em seu hotel foi agradabilíssima, e com exceção, talvez, da frieza do gerente do restaurante, todos os detalhes do serviço e apresentação foram impecáveis, tirando esse erro de ortografia. Acredito que a suposta sede original da caldeirada de cherne deveria ser onde o nome do peixe está escrito da forma correta. Muito obrigada pela atenção.

Com meus cumprimentos.

O aniversário dela

105 anos de idade:
não estaria viva hoje
mesmo que não tivesse morrido.

V

Meu amigo de infância

Quem é esse velho caminhando com um ar meio tristonho e um gorro de lã na cabeça?

Mas quando o chamo pelo nome e ele se vira, também não me reconhece de imediato — esta velha sorrindo para ele feito uma boba, de casaco de inverno.

Coitado do cachorro deles

Aquele cachorro irritante:
Eles não o queriam, então o deram para nós.
Nós o botamos para fora e batemos na cabeça dele e o amarramos com uma corda.
Ele latiu, resfolegou, forçou a corda.
Nós o devolvemos. Ficaram com ele um tempo.

Então o mandaram para um abrigo. Ele foi colocado numa baia de concreto.
Chegaram visitantes e o viram lá, parado sobre suas quatro patas pretas e brancas no concreto.
Ninguém quis ficar com ele.

Ele não tinha nenhuma qualidade boa. Mas não tinha consciência disso.
Continuavam a chegar novos cachorros ao abrigo. Depois de um tempo, não tinha mais lugar para ele.

Levaram-no para a sala onde seria abatido.

Ele teve que dar a volta nos outros cachorros que estavam pelo chão.

Saltou de lado e puxou pela coleira. Estava com medo dos outros cachorros e do cheiro.

Deram uma injeção nele. Deixaram-no cair onde estava e já foram buscar outro cachorro.

Sempre recolhiam de uma só vez todos os cachorros mortos, para economizar tempo.

Olá, querido

Olá, querido
você se lembra
como nos comunicamos com você?

Lá atrás você não via
mas eu sou Marina — com a Rússia.
Lembra de mim?

Estou escrevendo este e-mail para você
com pesadas lágrimas nos olhos
e profunda tristeza no coração.
Visite minha página.

Quero você por favor para me considerar
com muito sincero afetuoso.
Por favor — vamos conversar.

Estou esperando!

Sem interesse

Não estou nem um pouco interessada em ler este livro. Também não estava interessada no outro. Me interesso cada vez menos pelos livros que tenho em casa, apesar de serem razoavelmente bons, suponho.

Foi assim no outro dia, quando saí no quintal para recolher os galhos e gravetos e carregá-los até a pilha de lenha do outro lado do campo. Fui tomada subitamente por uma tal sensação de enfado que só de pensar em apanhar aquilo tudo outra vez e levar de novo até a pilha e depois cruzar o capim alto de volta para buscar mais, acabei nem começando e voltei para dentro de casa.

Agora já consigo catar gravetos. Foi só naquele dia que fiquei entediada com a ideia. Depois passou, e agora consigo sair, catar os gravetos e galhos, e levá-los até a pilha. Na verdade, carrego os gravetos nos braços, os galhos maiores eu arrasto pelo chão. Não faço as duas coisas ao mesmo tempo. Dá para fazer três viagens de ida e volta até ficar cansada e ter de parar.

Os livros de que estou falando são todos considerados bons,

mas não me interessam. Na verdade, devem até ser bem melhores que outros livros da minha biblioteca, mas às vezes os livros que não são tão bons me interessam mais.

No dia anterior àquele dia, e também no dia seguinte, me senti com disposição de catar gravetos e levá-los até a pilha. E o mesmo aconteceu nos muitos dias que vieram antes, e nos muitos que vieram depois. Poderia eu dizer: em todos os dias anteriores e todos os posteriores àquele? Não me pergunte por que não fiquei entediada nestes outros dias. Com frequência me faço essa mesma pergunta.

Pensando bem, talvez haja alguma satisfação em ver a pilha de gravetos e galhos perto da casa diminuindo a cada dia, à medida que carrego ou arrasto a galharada para o outro lado. Encontro certo interesse, ainda que pouco, tão pouco, aliás, que bate na fronteira do tédio, em ver o campo passar por sob os meus pés: ver o capim, as flores selvagens, e de vez em quando um animal fugindo para longe dos meus passos. E quando finalmente chego à pilha de galhos, aí é o melhor momento: meço o peso do feixe de gravetos nos braços, ou do galho grande nas mãos, e jogo o mais alto que posso, para o topo da pilha; o caminho de volta é fácil, com braços e mãos livres, comparado com o de ida; olho em torno para a copa das árvores e o céu, assim como para a casa, embora a paisagem nunca mude, e não seja interessante.

Se bem que naquele dia específico não consegui sequer me interessar por essa tarefa, e de repente fiquei mais entediada do que nunca, e dei a volta e entrei de novo em casa. O que me fez pensar por que eu me dava o trabalho de cumprir essa tarefa nos outros dias, e também o que era mais verdadeiro: meu vago interesse nos outros dias ou meu profundo tédio agora. E me fez pensar se na verdade deveria me sentir profundamente entediada sempre e não carregar os gravetos nunca mais, e se havia algo errado com meu cérebro que eu não ficava o tempo todo entediada com esse trabalho.

Não cansei de todos os livros bons, só dos romances e dos contos, mesmo que sejam bons, ou mesmo que sejam considerados bons. Hoje em dia prefiro livros que contenham algo real, ou algo que o autor, pelo menos, acha que é real. A imaginação dos outros me chateia. A verdade é que a imaginação da maioria das pessoas não tem interesse — dá para adivinhar de onde o autor tirou suas ideias. Dá para prever o que vai acontecer antes mesmo de acabar de ler uma única frase. Tudo parece arbitrário.

Mas é verdade que também me aborreço, às vezes, com meus sonhos, e com o próprio ato de sonhar: lá vou eu de novo, esta cena não faz sentido, devo estar adormecendo, isto é um sonho, devo estar começando a sonhar de novo. E por vezes me aborreço até com o ato de pensar: aí vem outro pensamento, agora vou achá-lo interessante, ou não — ai, de novo não! Na realidade, às vezes até minhas amizades me aborrecem: Ai, vamos sair, passar a noite conversando, depois vou para casa — de novo!

Na verdade, não estou dizendo que me aborreço com velhos romances e livros de contos quando são bons. É só com os novos — bons ou ruins. Tenho vontade de dizer: por favor, me poupem da sua imaginação, estou cansadíssima da sua imaginação, deixem que os outros desfrutem dela. Pelo menos é assim que ando me sentindo ultimamente, talvez isso acabe passando.

Velha com peixe velho

O peixe que está sentado no meu estômago a tarde toda já era tão velho quando eu o cozinhei e comi, que não é à toa que me sinto mal — uma velha digerindo um peixe velho.

Hospedado na casa do farmacêutico

história a partir de Flaubert

Onde estou hospedado? Na casa de um farmacêutico! Sim, mas de quem ele é aluno? Do Dupré! Não é incrível?
E como o Dupré, ele fabrica muita água seltzer.
"Sou o único em Trouville que fabrica água seltzer", diz ele.
E é verdade que frequentemente, já às oito da manhã, acordo com o barulho das rolhas saltando: *pif pif,* e *trrrrut!*
A cozinha faz as vezes de laboratório. Por entre as panelas sobe, formando um arco, da boca de um tanque gigantesco, um

aterrador tubo de cobre fumegante

e muitas vezes não podem colocar as panelas no fogo por causa das preparações farmacêuticas.
Para ir ao banheiro, que fica no quintal, é preciso passar por cima de cestas cheias de frascos. Tem uma bomba no quintal que cospe água e borrifa a perna de quem passa por perto. Há dois meninos cuja função é limpar os frascos. Um papagaio grasna o dia inteiro sem parar: "Já comeu, Jako?" ou "Kiki, minha Kiki!".

E um menino de mais ou menos dez anos, o filho da família, dá mostras de força levantando pesos com os dentes.

Um exemplo de previdência que me parece tocante: sempre tem papel higiênico no banheiro — *papel-manteiga*, ou melhor, *encerado*. É o papel de embrulho dos pacotes — eles não sabem o que fazer com ele.

A latrina do farmacêutico é tão pequena e escura que o único jeito é deixar a porta aberta para cagar, e mesmo assim mal dá para mexer os cotovelos para limpar a bunda.

A sala de jantar da família fica logo ali, pertinho.

A gente ouve o barulho do cocô caindo no *fundo*, misturado ao som da carne sendo cortada e revirada nos pratos. Arrotos misturados a peidos etc. — encantador.

E tem o incessante papagaio! Neste minuto ele está assoviando: "Meu tabaco é bom, é, sim!".

A canção

Aconteceu alguma coisa, numa casa, e depois aconteceu outra coisa, mas ninguém se importa. A voz leve e agradável de um homem começa a cantar num corredor no andar de cima, sem propósito, com constância. Quase não se nota. Então, por debaixo da escadaria, subitamente, vem o grito selvagem de outro homem: "Quem tá cantano!?!". A voz que canta silencia.

sonho

Dois ex-alunos

Um ex-aluno disse ao outro ex-aluno para ir embora, na neve, à noite.

Vai embora, ele disse ao outro. Se ela nos receber aos dois, nos verá a ambos como ex-alunos, esquecendo que eu sou eu e você é você.

Ele era o mais velho dos dois. Tinha sido soldado e lutado na guerra. Não havia se alistado novamente porque queria outras coisas da vida. Era surdo de um ouvido.

O outro ex-aluno era jovem, mas tinha estado na Europa.

É verdade que enquanto ela olhava pela janela os dois andando de um lado para outro sob a luz do poste, eles eram, para ela, dois ex-alunos, mais do que se estivessem sozinhos, cada um plenamente ele mesmo, ainda que também, inevitavelmente, um ex-aluno.

sonho

Historinha sobre uma caixinha de chocolates

Um homem muito amável havia lhe dado de presente, quando ela foi a Viena no outono, uma caixa de chocolates. A caixa era tão pequena que cabia na palma da mão. Mesmo assim, como por milagre, continha trinta e dois chocolates minúsculos, perfeitos, todos diferentes, em duas camadas de dezesseis.

Ela trouxe a caixa de Viena sem comer nenhum, como sempre fazia com comidas que ganhava ou comprava em viagens. Queria mostrá-la ao marido, e queria compartilhá-la com ele. Mas depois de abrir a caixa e ambos admirarem os chocolates, ela fechou a caixa novamente sem pegar nenhum e sem oferecer nenhum ao marido. Guardou-a em seu local de trabalho, em casa, e de vez em quando ia dar uma olhada nela.

Pensou em dividir os chocolates com seus alunos na aula seguinte, mas não o fez.

Não abriu mais a caixa e o marido também não perguntou mais a respeito. Ela não achava que ele tivesse se esquecido dos chocolates, já que ela mesma volta e meia pegava a caixa para olhar. Porém, depois de umas duas semanas, achou que, sim, ele havia se esquecido.

Pensou em comer um chocolate por dia, mas não queria começar a comê-los sem que fosse uma ocasião especial.

Pensou em dividi-los com trinta e um amigos, mas não conseguia escolher uma data para começar.

Finalmente, quando chegou o fim do semestre e o dia da última aula, ela resolveu levar os chocolates para a sala e dividi-los com os alunos. Temia ter esperado demais, já haviam se passado quatro semanas desde que aquele homem tão amável lhe dera os chocolates em Viena, e eles talvez estivessem rançosos, mas colocou um elástico em torno da caixa e levou assim mesmo.

Contou aos estudantes como a impressionava o fato de que uma caixa de chocolates tão pequena pudesse ser compartilhada com trinta e um amigos. Ela pensou que eles fossem rir, mas ninguém riu. Talvez achassem mal-educado rir da piada, ou talvez não achassem graça. Nem sempre ela conseguia prever suas reações. Ela achou engraçado, ou ao menos interessante.

Tirou a tampa e passou a caixa ao aluno mais próximo. Convidou todos a admirar os chocolates.

"Podemos comer um?", perguntou o aluno com a caixa na mão, "ou só olhar?" Ele devia estar brincando, mas talvez ela não tivesse sido clara quando explicou que estava compartilhando os chocolates com eles.

"Podem comer, claro", respondeu.

"Posso ver a tampa?", pediu outro aluno.

A tampa era quase tão linda quanto os chocolates. Era verde e detalhadamente decorada, com pequenas figuras e construções medievais em laranja, amarelo, preto, branco e ouro. Em pequenos estandartes brancos, havia o que pareciam ser provérbios — ditados curtos que rimavam — escritos em letra gótica alemã. Um deles recomendava agir como um relógio de sol.

Os estudantes famintos pegaram um chocolate cada um — ou quem sabe, já que ela não estava prestando atenção, alguns não pegaram nenhum e outros pegaram mais de um. Ela havia planejado dividir a caixa com trinta e um amigos, mas agora ficou com pena dos estudantes famintos e cansados e rodou a caixa pela sala mais uma vez. Um aluno, um jovem do Canadá, assumiu a tarefa de recolher os minúsculos invólucros de papel e jogá-los no cesto de lixo perto da porta.

Depois da aula, ela recolocou o elástico em torno da caixa e a levou de volta para casa.

Ela mesma não comeu nenhum chocolate, e temia haver esperado demais. Por quanto tempo dava para guardar chocolates numa caixa? O medo era que os alunos tivessem achado os chocolates rançosos. Mas só um dos alunos entendia de chocolate, disso ela não tinha dúvida. E ele não diria nada, por educação, ou quem sabe nem tinha provado, sabendo quanto tempo fazia que ela estivera em Viena.

Dois dias depois, ela procurou a caixa na bolsa e não encontrou, teve medo de havê-la perdido. Chegou mesmo a pensar que talvez um dos alunos a tivesse roubado.

Mas aí olhou com mais cuidado e lá estava ela. Abriu a caixa e contou: sobravam sete dos trinta e dois chocolates — vinte e cinco foram comidos. No entanto, eram só onze alunos.

Pôs a caixa de volta no escritório, no banco mexicano de que tanto gostava.

Ficou pensando se seria correto comer chocolate sozinha e, caso fosse, se era importante se achar num determinado estado de espírito para comer chocolate sozinha. Não parecia correto comer um chocolate por raiva, ou ressentimento ou ganância, mas apenas como resultado de um desejo de prazer, ou num estado de felicidade ou celebração. Porém, se um dia comesse um chocolate sozinha, por pura ganância, seria menos errado se o chocolate fosse minúsculo?

Ela sabia que não queria compartilhar os chocolates que haviam restado.

Quando finalmente comeu um chocolate sozinha, era muito bom, intenso e amargo, doce e estranho ao mesmo tempo. O gosto se demorou na sua boca por muitos minutos, de maneira que ela logo quis comer outro, para recomeçar aquela delícia toda outra vez. A ideia original era comer um por dia, até acabar a caixa. Mas comeu outro imediatamente. Queria um terceiro, porém se conteve. No dia seguinte, comeu dois, um seguido do outro, movida pelo desejo de prazer, e desafiando tudo que acreditava ser correto. E no outro dia comeu mais um, com uma fome vaga, que não era exatamente de comida.

Achou os chocolates excelentes, não havia esperado demais, afinal. A não ser que não soubesse julgar, e houvesse alguma diferença, imperceptível aos leigos e evidente apenas para pessoas como o aluno que ela acreditava ser um especialista, entre o gosto de um chocolate comido imediatamente e o de outro comido depois de quatro semanas.

Perguntou então ao aluno, o especialista em chocolates de ótima qualidade, qual era a melhor loja da cidade. Ele lhe deu o nome e ela foi lá, esperando encontrar chocolates minúsculos, como aqueles do presente do homem amável em Viena. A loja, contudo, vendia apenas chocolates maiores, de tamanho normal, bons, sem dúvida, porém não o que ela desejava.

Chocolates maiores não eram de seu gosto, decidiu. Agora que tinha, pela primeira vez, experimentado o menor dos chocolates, era esse que ela preferia.

Alguns meses antes, ela havia comido um chocolate em Connecticut, na casa de uma mulher belga bastante austera, a quem conhecia fazia anos. Era um excelente chocolate, aparentemente, mas ela o achara um pouco grande, ou grande demais para comer de uma vez. Dera várias mordidinhas, e foram mordidinhas deliciosas, mas não aceitou quando outro lhe foi oferecido. As pessoas presentes acharam estranho, e a belga riu dela.

A mulher ao meu lado no avião

A mulher ao meu lado no avião tem muitas palavras cruzadas rápidas e fáceis para fazer durante o voo, tiradas de um livro chamado *Palavras cruzadas rápidas e fáceis*. Eu só tenho palavras cruzadas lentas e difíceis, ou palavras cruzadas impossíveis. Ela completa uma, vira a página e passa para a seguinte, enquanto voamos a grande velocidade pelo céu. Olho fixamente uma única página a viagem inteira e não consigo completar nenhuma.

Escrever

A vida é séria demais para eu continuar a escrever. A vida era mais fácil antigamente, e também mais agradável, e na época escrever era bom, mesmo que também parecesse sério. Hoje, a vida tornou-se muito séria e a escrita, por comparação, parece tolice. Escrever nem sempre é sobre coisas reais e, mesmo quando é, muitas vezes toma o lugar da realidade. Escrever é muitas vezes sobre pessoas que não dão conta de sua vida. Agora, me tornei uma dessas pessoas. O que eu deveria fazer, em vez de escrever sobre pessoas que não dão conta de sua vida, é parar de escrever e tratar de dar conta. E prestar mais atenção na vida. O único jeito de eu ficar mais inteligente é parar de escrever. Deveria estar fazendo outras coisas em vez de escrever.

Obrigada errado no teatro

No fundo da sala, à medida que as pessoas vão sentando para o evento, me levanto para deixar passar uma mulher cujo assento fica além do meu na fileira.

"Obrigada", ela diz.

"Mmm-hmm!", eu respondo.

Só que entendi mal. Ela não está falando comigo, mas com a lanterninha, parada a umas três cadeiras atrás de mim.

"Não, era pra *ela*", a mulher fala, sem se virar.

Ela queria apenas deixar bem claro.

O galo

Hoje fui fazer uma visita de pêsames ao Safwan, dono da mercearia Cantinho dos Amigos. Seu galo morreu semana passada na estrada. Fui primeiro até a casa do outro lado da estrada, em frente à mercearia, onde há muitas galinhas e três galos — mas estes estão todos bem. Conversei um pouquinho com o Safwan. Ele me contou que não vai comprar outro galo — a estrada é perigosa demais. O galo tinha mania de ir ciscar na estrada, em vez de ficar no quintal, porque tinha medo do cachorro do vizinho.

Depois da visita de pêsames, apanhei do chão duas penas verdes e oleosas para guardar de lembrança do bicho, e voltei para casa. Escrevi para minha amiga Rachel contando que havia ficado triste com a morte do galo do Safwan, cujo canto regular durante o dia me deixava feliz, me lembrando que eu morava no campo — ou ao menos mais longe da cidade do que antes.

Rachel, que sempre tem poemas na cabeça, me mandou uns versos de Elizabeth Bishop: "Ai, por que atropelaram uma *galinha/* na rua 4?". Gostei dos versos, ainda que não conseguisse imaginar uma galinha morando em Nova York, e muito menos sendo atropelada. Encontrei então outro verso de Elizabeth Bishop com uma galinha, num poema sobre um eremita e um trilho de trem: "A galinha fez tchi-tchi". Para mim, "tchi-tchi" parece mais trem que galinha.

Mais tarde, encontrei com uns vizinhos que haviam testemunhado o acidente. Contaram que estavam em sua van vindos da direção norte e seguindo na direção da mercearia quando viram o galo no meio da estrada. Ao mesmo tempo, vinha na outra direção uma carreta. O galo tentou escapar da van dos vizinhos, e em sua afobação caiu direto na frente da carreta. Os vizinhos sorriam ao contar a história. Imagino que acharam divertida a violência do impacto e a visão da ave explodindo por cima do para-choque do caminhão, penas por todo lado.

Alguns dias depois entendi que talvez houvesse outra razão para o galo ter saído do quintal e ido passear do outro lado da estrada. Ele era a única ave que o Safwan tinha. Pode ter atravessado a estrada para visitar o galinheiro em frente, com sua pequena multidão de galos e galinhas. Estava provavelmente interessado neles e queria vê-los pela grade, talvez até tentar desafiar os outros galos. Percebi isso ao ler um livro sobre criação de aves: galos e galinhas são criaturas sociáveis e preferem fazer parte de um bando, diz o livro. Quando quiser comprar seus pintinhos, por favor, compre pelo menos cinco.

Sentada com minha amiguinha

Sentada com minha amiguinha, ao sol, na varanda da frente:
Eu leio um livro de Blanchot
e ela lambe a pata dela.

O velho soldado

história a partir de Flaubert

Outro dia presenciei uma cena comovente, ainda que não tivesse nenhuma relação comigo. Estávamos a mais de seis quilômetros daqui, nas ruínas do Château de Lassay (construído em seis semanas para Madame du Barry, que teve a ideia de vir tomar banhos de mar na região). Só restaram uma larga escadaria estilo Luís XV, algumas janelas sem vidraças, uma parede, e ventania... que ventania! Fica num platô com vista para o mar. Ao lado, há uma casa de camponeses. Fomos até lá buscar um copo de leite para Liline, que estava com sede. No pequeno jardim havia lindas malvas crescendo à altura das janelas, algumas fileiras de feijões e um caldeirão cheio de água suja. Ao lado do caldeirão, um porco grunhia, e mais adiante, do outro lado da cerca, soltos, potros pastavam e relinchavam, suas longas crinas balançando ao vento que chegava do mar.

Dentro da cabana, na parede, uma imagem do Imperador e outra de Badinguet! Eu estava prestes a fazer alguma piadinha quando vi, sentado a um canto da lareira, semiparalisado, um velhinho magro com uma barba de duas semanas. Acima de sua cadeira, penduradas na parede, duas dragonas de ouro! O pobre velho estava tão enfermo que mal conseguia segurar a colher. Ninguém lhe dava atenção. Ficava lá, ruminando, gemendo, comendo de um prato de feijão. O sol brilhava na vidraça e refletia nas alças de ferro do balde, obrigando-o a entrecerrar os olhos. O gato lambia uma panela de leite no chão. E só. À distância, o barulho do mar.

Imaginei como, neste sono perpétuo da velhice (que precede o outro sono, e é como uma transição da vida para o nada), o sujeito estava sem dúvida vendo mais uma vez as neves da Rússia ou as areias do Egito. Que visões flutuavam diante de seus olhos? E que roupas usava? Que casaca — remendada e limpa! A mulher que nos servia (sua filha, suponho) era uma cinquentona fofoqueira, de saia curta, com pernas da grossura das colunatas na Place Louis XV e a cabeça coberta com um gorro de algodão. Ia e vinha, de meias azuis e uma saia de chita, e o esplêndido Badinguet lá na parede, em meio a tudo isso, montado num cavalo amarelo, chapéu de três pontas nas mãos, saudando uma coorte de feridos na guerra, suas pernas de pau alinhadas com precisão.

A última vez que visitei o Château de Lassay foi em companhia de Alfred. Ainda me lembro de nossas conversas, dos versos que recitamos, dos planos que fizemos...

Dois rapazes de Sligo

Dois rapazes de Sligo estão a caminho do trabalho numa imensa fábrica que surge diante deles no fim da estrada. Subitamente, são carregados pelo vento em direção a um brinquedo de parque de diversões com carrinhos girando em arcos elípticos, tão longe que mal consigo vê-los. São meros pontinhos no céu. Ao girarem, cruzando os céus uma e outra vez, eles gritam para mim "Olá, olá" repetidas vezes, a intervalos irregulares. E então o brinquedo some, mas eles continuam lá, girando. Podem ter virado gaivotas, já.

sonho

A mulher de vermelho

Parada ao meu lado tem uma mulher alta, de vestido vermelho escuro. Está com uma expressão aturdida, vazia. Talvez esteja drogada, ou talvez seja assim mesmo. Sinto um pouco de medo dela. Uma cobra vermelha ergue-se na minha frente e me ameaça, ao mesmo tempo mudando de forma uma ou duas vezes, criando tentáculos como uma lula etc. Detrás da cobra tem uma enorme poça d'água no meio de uma trilha larga. Para me proteger da cobra, a mulher coloca três chapéus vermelhos de aba larga na superfície da água.

sonho

Se no casamento
(no Jardim Zoológico)

Se não tivéssemos parado a caminho da cerimônia para ver o chiqueiro de porcos pretos, não teríamos visto o maior deles atacar o menorzinho, forçando-o para longe do comedouro.

Se não tivéssemos chegado cedo e sentado num banco ao sol, sob o pavilhão, para esperar o início da cerimônia, não teríamos visto o pônei fujão trotar pelo pasto, arrastando o cabresto.

Se não tivéssemos ouvido o murmúrio repentino dos nossos vizinhos de banco, sentados no pavilhão, sob o sol frio de outono, não teríamos visto a noiva de vestido verde-claro vindo ao longe de mãos dadas com a mãe.

Se não tivéssemos esticado o pescoço para olhar por cima das pessoas em pé na nossa frente prontas para celebrar ou participar da cerimônia, não teríamos visto como a noiva caminhava, olhos no chão, a mãe também de olhos no chão, a mãe conversando seriamente com ela, nenhuma das duas desviando o olhar uma única vez, como se estivessem sozinhas, em direção ao pavilhão, aos convidados, às câmeras apontadas, à cerimônia, e ao futuro marido, que a esperava.

Se não tivéssemos tirado os olhos da cerimônia em que o casal se unia diante do amigo budista, o celebrante, enquanto os outros amigos e a família cantavam cânticos indianos e outros cânticos, não teríamos visto as famílias hassídicas e asiáticas nos olhando com curiosidade a caminho do Labirinto no Milharal.

Se não tivéssemos atravessado o salão onde a recepção estava começando a animar, passando pelos dois acordeonistas, um homem e uma mulher, para ver pela janela os noivos e suas famílias sendo fotografados no sol frio de um entardecer de outubro, ao som de música klezmer, não teríamos visto as duas famílias de faisões correndo pela borda da plantação de abóboras para se abrigar no bosque.

Se não tivéssemos atravessado o salão e parado ao lado de desconhecidos nos janelões ao fundo, não teríamos visto os noivos e suas famílias sendo fotografados, rostos virados para o sol poente, abraçados contra o frio, rindo e tropeçando ao trocarem de lugar para as diferentes poses, com música de acordeom tocando no salão, a cena toda parecendo o final de um alegre filme italiano.

Se não tivéssemos voltado aos janelões no fim da recepção, depois dos discursos feitos no outro extremo da sala e depois do jantar, onde sentamos ao lado de amigos porém em frente a desconhecidos, não teríamos visto a vaca marrom, debaixo de uma árvore, levantar o focinho e jogar a cabeça para trás, ruminando e olhando o céu.

Se não tivéssemos saído do salão por um instante quando escureceu, antes de voltarmos para as luzes e a música e a dança, não teríamos visto os vultos negros redondinhos nos galhos das árvores, que eram as galinhas empoleiradas.

A caça-níqueis da Cidade do Ouro

O nome era Cidade do Ouro, era uma cidade fantasma — bares fechados, população cem habitantes. Os poços d'água estavam contaminados com arsênico, e ainda estão. Disso só soubemos depois. A madrasta do Jim ficou com câncer, talvez por causa do arsênico nos poços. O pai do Jim começou a vender aos poucos sua coleção de moedas para pagar o tratamento. Ela foi piorando e teve que ser levada de avião para o hospital do câncer, mas era tarde demais. Ela morreu.

Duas semanas depois, mandaram uma mensagem para o Jim sobre o pai dele — aconteceu uma emergência médica, venha imediatamente. Pegamos o carro e dirigimos trinta e seis horas sem parar. Mas ele já tinha morrido também, quando chegamos.

Não sabíamos que existe a, como se chama, tarifa aérea de luto. Já tínhamos atravessado cinco estados quando nos contaram que isso existe. O Jim falou, Já chegamos até aqui — agora vamos de carro.

O Jim ficou com sono depois de dirigir vinte e quatro horas

e então me deixou pegar no volante. Só que ele não consegue dormir no carro, de modo que depois de três horas eu voltei para o banco de passageiro. Alyce ficava toda hora mandando mensagem de texto perguntando quando íamos voltar para casa. Eu disse para ela fazer o dever de casa e não se preocupar. Ela não tinha a menor ideia de que estávamos tão longe.

Mas vocês estão *onde?*, ela repetia. Ela achava que estávamos em Nova Jersey. Ficava perguntando: Onde? Em *Nevada?*

Olha num mapa, eu disse.

Não sabíamos o que encontraríamos ao chegar.

A irmã do Jim, Lisa, aquela a quem eu chamo de caça-níqueis, já tinha vasculhado a casa inteira atrás do que restava da coleção de moedas, queria receber mais dinheiro por ter cuidado dele. Disse que não tinha o suficiente para fazer o enterro. Disse que foi necessário usar o dinheiro dos impostos para pagar a cremação.

Quando chegamos, encontramos moedas por todo canto. Pilhas de moedas. Lisa, a caça-níqueis, não conseguia achar nenhuma. Ela não sabia onde procurar. Agora, as armas ela tirou todas, antes da nossa chegada.

A outra irmã do Jim, a testamenteira, nos disse (de Nova Jersey) para reunir todos os papéis do pai deles. O Jim não conseguiu, não teve forças. Ele entrava no quarto do pai e ficava lá, sentado. Era só o que dava para ele fazer. Eu juntei tudo. Eu o conhecia, mas não era muito chegada. Li todos os documentos, separei tudo em pastas organizadas por ano.

Disse para a Lisa, Você devia procurar um psiquiatra — sendo tão próxima dele, só pensa na coleção de moedas? Por que não pegou antes dele morrer?

Ela achava que deveria ter ficado com mais porque foi quem tomou conta dele. Não era isso o estipulado no testamento.

Dirigimos trinta e seis horas direto na volta também. Atropelar o antílope foi a gota d'água para o Jim. Ele praguejou bastante.

A outra irmã, a testamenteira, queria que fôssemos até Nova Jersey. O Jim recusou várias vezes, dizendo que queria voltar para casa. Ela insistia. Finalmente aceitamos. E foi quando estávamos na Pensilvânia, na saída para Nova Jersey, que atropelamos o antílope. Era um carro alugado, tivemos que esperar a polícia chegar para fazer um boletim. Quebrou a lanterna. Custou mil dólares para consertar. O seguro não pagou porque tinha mil dólares de franquia.

O Jim só queria um objeto, uma fivela de cinto, de lembrança do pai. Uma fivela de prata. Eu disse para a irmã dele, Você devia procurar um psiquiatra.

O pai do Jim tinha um bebedouro em casa. Nunca entendi por quê. Agora entendo.

O velho aspirador de pó fica morrendo o tempo todo

O velho aspirador de pó fica morrendo o tempo todo
enquanto ela está limpando a casa
até que finalmente a faxineira
assusta o bicho gritando:
"Filho da puta!"

Flaubert e o ponto de vista

Na Bênção da Matilha, dia da abertura oficial da caça à raposa, um sábado (os cavalos altos, bem escovados, homens e mulheres de culote areia e casaca vermelha, já montados ou segurando os cavalos pelas rédeas, uma menininha interessada menos nos cavalos que em sua amiga do outro lado da rua, e pequena como é quase poderia passar por baixo da barriga destes imensos animais, o pato ou ganso que nos poucos momentos de silêncio se pode ouvir grasnando no córrego atrás da lojinha, o carro que vez por outra aparece e dá a volta como pode, os dois pugs puxados pela guia por uma velhinha que diz tê-los trazido para ver a Bênção da Matilha, os espectadores segurando xícaras de café fumegante no ar frio da manhã, os cães de caça pela rua, soltos, controlados de perto pela tratadora com seu longo chicote, o discurso do Mestre da Matilha e os silêncios sempre que ele faz uma pausa, quando é possível ouvir o pato ou ganso grasnando), lembro então, por fim, da lição de Flaubert sobre o ponto de vista singular, não o da menina interessada apenas na amiga, a outra menina, ou o do pato ou ganso, interessado em seja qual for a causa de seu grasnido próximo ao córrego, mas o ponto de vista dos dois pugs, ao puxarem pela guia para chegar a um ponto específico no chão, concentrados não nos cavalos, cavaleiros, discurso do Mestre da Matilha, cães de caça, ou grasnar do pato ou ganso, mas somente na espuma amarelada que pingava da boca do fogoso cavalo ali perto e gotejava no calçamento, deixando no chão um cheiro para eles tão estranho e tão rico.

Compras em família

A irmã mais nova, gordinha e bonita, corre para fora da loja. A irmã mais velha, magra, corre atrás dela. A caçula bonita tem nas mãos um saco de palitinhos de queijo. Deixou a irmã mais velha magra na loja pagando a conta.

"*Me dá* esse pacote!", diz a irmã mais velha. "Ou eu *quebro a tua cara!*"

Obituários locais

Helen amava longos passeios, jardinagem e seus netos.

Richard fundou seu próprio negócio.

Anna veio mais tarde a cuidar do sítio da família.

Robert adorava sua casa.

Alfred apreciava a companhia de seus melhores amigos, seus dois gatos.

Henry fazia carpintaria.

Ed amava a vida e a viveu intensamente.

John gostava de carpintaria e pesca.

"Tootles" se divertia com quebra-cabeças de todos os tipos,

pintando peças construídas pelo marido, e mantendo contato com a família e os amigos pelo computador.

Tammy gostava de ler e de jogar boliche. Participava da Liga Mista da Churrascaria e Boliche Recreativo.

Margaret gostava de assistir às corridas de carro da Nascar, de fazer palavras cruzadas e de ficar com seus netos.

Eva era uma entusiasta da jardinagem e da observação de pássaros. Gostava também de ler e de escrever poesia. Adorava receber amigos em casa.

Madeleine viajava muito. Amava pintura, cerâmica, bridge, golfe, qualquer jogo de cartas, caça-palavras, jardinagem, colecionava moedas e selos, e gostava de fazer arranjos de flores. Adorava visitar os amigos, tanto no acampamento como na casa da família, em Main Street.

Albert amava os animais.

Jean, uma técnica em educação especial, gostava de fazer crochê e tricô.

Harold gostava de caçar, pescar, acampar e ficar com a família.

Charlotte amava fazer colchas de retalho e também de colher mirtilos em seu sítio em Taborton.

Alvin era um excelente artesão e jardineiro, além de ávido caçador e pescador. Gostava da pesca à truta e da caça a cervos e tetrazes. Pertencia à Sociedade do Tetraz-de-Colar.

Richard apreciava seus hobbies favoritos: a pesca e os barcos. Fazia trinta anos que era membro do Clube de Barcos Hook.

Sven, 80, tinha uma pequena empresa de construção, era membro da Grande Loja Maçônica, do Coro Nórdico e da União Americana de Cantores Suecos. Gostava de viajar, caçar, jogar golfe e dar festas. Estava sempre em sua oficina construindo alguma coisa.

Spencer passou seus últimos anos tirando leite das vacas e arando a terra. Sempre gostou do cheiro de feno cortado num dia quente de verão. Amava os animais e tinha-se a impressão de que, se pudesse, moraria no curral. Sempre falava dos velhos tempos, quando a vizinhança era toda de sítios e todos se ajudavam. Os filhos e sobrinhos que trabalhavam com ele tinham dificuldade de acompanhar seu ritmo, mesmo sendo vinte ou trinta anos mais novos. Spencer viveu a vida plenamente, dirigindo o trator por suas terras, mesmo depois de elas terem sido vendidas.

Gostava também de assistir futebol pela TV durante a temporada e sempre disse que Joe Montana era o melhor quarterback da história.

Já mais velho, gostava de ir ao Stewart's com seu irmão Harold e ficar vendo o povo passar. Era um bom prosador; conversava com todos que o conheciam e mesmo com quem nunca tinha visto na vida conseguia bater um papo de uma hora inteira.

Helena, 70, gostava de longas caminhadas.

A sra. Brown foi enfermeira durante trinta e dois anos. Ela amava sua profissão.

Roxanna era uma entusiasta do golfe e do boliche. Adorava crochê, pintura a óleo e aquarela.

Frederick foi proprietário por dez anos do Bar Meia-Lua e era membro da Ordem dos Alces, onde serviu como venerável mestre por um ano.

Benjamin, 91, era um veterano da Segunda Guerra e pedreiro.

Jessie, 93, trabalhou quando jovem em fábricas da região. Gostava de jardinagem e boliche.

Anne, 51, gostava de pesca e jardinagem.

Eleanor trabalhou na Lavanderia Dandy por vinte e sete anos e também para famílias da região em funções domésticas.

Dick cuidava meticulosamente de sua casa, jardim e automóveis.

No início da carreira, Elizabeth, conhecida como Betty, passava seu tempo livre com soldados retornados da guerra — dançando, jogando pingue-pongue e conversando. Também cantava no coro da igreja e foi por um curto espaço de tempo tesoureira da associação religiosa da comunidade.

Laura gostava de jogar cartas, fazer quebra-cabeças e viajar.

Jeffrey gostava de jogar golfe e trabalhar nas terras da família.

Stella era conhecida por amar os gatos.

Marion, 100, foi dona de casa a vida inteira. Gostava de jogar cartas no Centro Recreativo da Terceira Idade e apreciava suas muitas viagens ao Colorado. Sempre buscava o que havia de melhor nas pessoas.

Nellie, 79, trabalhava na antiga Lavanderia Branca de Neve. Gostava de jogar bingo, fazer quebra-cabeças e ficar com a família. Perdeu um irmão, oito irmãs e um menino que ajudou a criar.

John, 73, morreu subitamente dirigindo seu carro em Grafton. Era um ávido caçador que gostava de agricultura.

Clyde, 90, serviu na Marinha durante a Segunda Grande Guerra e era açougueiro. Era membro da Legião Americana, da Companhia de Bombeiros de Stephentown, do Grupo de Folguedos de Tamarac, do Clube de Dança de Quadrilha e do Grupo de Fotografia de Albany.

Com infinitas saudades, Mary Ellen deixa seu filho James, sua irmã Theresa, seu companheiro Rich e seu irmão Harold. Todos que a conheciam sabiam de seu amor pelo Tigrão.

Elva, 81, foi aluna da escola rural de North Petersburgh, que tinha apenas duas salas de aula, uma para os grandes e outra para os pequenos.

Evelyn, 87, trabalhou na loja de departamentos Montgomery

Ward em Menands e também foi garçonete no Hotel Lindo Lago. Gostava de assistir às corridas de cavalo em Saratoga, e adorava dançar e cantar. Quando era jovem, fazia com frequência dupla com Billy Nassau do restaurante Gato de Botas.

Linda Ann deixa seu gato, Veludo, e seu cão, Vitinho. Será lembrada por sua coleção de livros, especialmente aqueles de sua autora favorita, Nora Roberts, e pelas almofadas bordadas com que presenteava amigos e família. Também será lembrada por sua extensa coleção de estatuetas de elefantes.

Bernie, 86, era membro do Jóquei Clube, do Corpo de Bombeiros de Hoosick Falls, do Grupo de Resgate de Hoosick Falls, dos Kiwanis, dos Veteranos de Guerras Estrangeiras, dos Cavaleiros de Colombo, do Clube dos Pioneiros da Caça e Pesca, e do Clube de Caça Apito e Chamariz. Também gostava de pesca, caça, jardinagem e apicultura.

Robert, 83, era viúvo de Anne, conhecida como Nancy. Foi suboficial da Marinha americana, tendo recebido a Medalha da Vitória.

Alvin, 88, gostava de pescar, pintar, cuidar do jardim, cozinhar e ver os jogos dos Yankees.

Paul, 78, trabalhava na construção de estradas municipais, era membro do conhecido time de softball Keyser, e adorava jogar boliche e dançar o jitterbug com sua irmã Babe.

Virginia, 99, era avó e membro da congregação local.

Robert, 81, era o gerente noturno no Grande Hotel União.

Isabel, 95, era mãe e avó.

Donald era uma inspiração para todos.

Jerold, 72, cozinheiro e orientador educacional, trabalhou muitos anos numa empresa de mudanças, adorava frequentar feiras de artesanato, dirigir sem rumo pelas estradas vicinais, "tudo que é Vermont", e se vestir de Papai Noel no Natal.

Francis, 79, veterano da Guerra da Coreia e especialista em solos, aposentou-se como supervisor de perfuração. Era um ávido desportista e um craque nos jogos de trívia. Era também membro da Legião Americana, da Ordem dos Alces de Kinderhook, dos Veteranos de Guerras Estrangeiras, da Associação Nacional dos Marinheiros de Contratorpedeiros, do Clube Masculino das Cinco Cidades, do Clube Social Santos e da confraria de veteranos da Segunda Guerra AJAFORSA (Aposentados Jantando Fora Sem Ajuda). Seu senso de humor, presença de espírito e bigodão deixarão saudades.

Margaret, 88, membro da congregação e torcedora dos Yankees, adorava viajar com seu marido (também já falecido) para visitar exposições de máquinas agrícolas e tratores por todo o país.

Betty, 81, secretária, adorava ficar com os netos.

William, 81, tinha paixão por história e genealogia.

Gordon, 68, um inveterado caçador, morreu em paz no Lar dos Bombeiros, na segunda-feira.

Ronald, 72, ex-chefe do Corpo de Bombeiros e motorista de caminhão aposentado, amava caçar patos.

Ellen, 87, trabalhava como voluntária na lanchonete da estação de trem.

Joseph, 76, dormiu o sono da morte na paz da fria madrugada do dia 26 de agosto. Era conhecido na comunidade por sua maestria como bombeiro hidráulico e foi até sua morte um membro ativo da Federação dos Esportistas Poloneses. Amava sua esposa e família. Amava seus trinta e cinco cavalos de corrida, mas um em especial lhe era caro, seu garanhão Felino, que morreu no início do ano.

Ida, 95, punha a família e os amigos em primeiro lugar.

John, 74, veterano de guerra, trabalhava para a Secretaria de Transportes.

Ruth, 85, amava os animais e a natureza.

Anne, 62, encontrava alegria nos gatos, principalmente seus amigos Daisy, Rigel, Grace, Luci, Celeste e Fumaça.

Ernest, 85, foi da Marinha Mercante na Segunda Guerra, tendo navegado muitas vezes em águas inimigas. Mais tarde, trabalhou como soldador e como técnico em reparações, e ao se aposentar dedicou-se à carpintaria.

Edwin, 94, deixou uma filha.

Diane, 60, era egressa da escola de estética e trabalhava como estofadora.

James, 87, trabalhou por muitos anos na colheita de louro para a Engwer Produtos de Floricultura de Troy. Amava seu jardim e fazer uma panelada de tomates verdes ou chucrute. Seu hobby era a fabricação de vinho e de conservas caseiras.

Dolores, 83, costureira, tinha muito senso de humor. Quando jovem trabalhou na Fábrica de Bolsas Femininas Irmãos Kadin.

Carta ao presidente do Instituto Biográfico Americano Ltda.

Caro Presidente,

Foi um prazer receber sua carta informando-me que eu havia sido indicada pelo Conselho de Administração Editorial como MULHER DO ANO — 2006. Ao mesmo tempo fiquei confusa. O senhor diz que o prêmio é concedido a mulheres que deram um "nobre" exemplo a seus pares, e que seu desejo, segundo me explica, é "exaltar" as realizações delas. Segue, então, explicando que ao pesquisar minhas qualificações foi auxiliado por um Conselho Consultivo formado por dez mil pessoas "de influência" em mais de setenta e cinco países. No entanto, mesmo após pesquisa tão extensa, o senhor cometeu o erro básico de endereçar sua carta não a Lydia Davis, que é o meu nome, mas a Lydia Danj.

Naturalmente, é possível que o senhor não tenha errado a grafia do meu nome e o prêmio seja de fato destinado a uma Lydia Danj. Contudo, qualquer dos dois erros sugere descaso de sua parte. Devo concluir que não houve zelo na condução da pesquisa na qual se baseia a concessão deste prêmio, apesar do envolvimento de dez mil pessoas? Isso significaria que eu não deveria dar grande importância à honraria. Além disso, o senhor me convida a encomendar uma prova tangível dessa indicação na forma do que o senhor chama de "decreto", apresentado pelo Conselho de Pesquisa Internacional do Instituto Biográfico Americano, medindo 11 × 14 polegadas, edição limitada e assinada. Para receber um decreto simples, o senhor me pede $195, já um plastificado custa $295.

Mais uma vez, não entendi. Já recebi outros prêmios. Nunca, entretanto, me pediram que pagasse por eles. O fato de o senhor errar meu nome e também me pedir que pague pelo meu prêmio sugere que o senhor não está me honrando com uma premiação, mas simplesmente quer que eu acredite que estou sendo honrada para que lhe envie $195 ou $295. Mas agora estou ainda mais confusa.

É de supor que qualquer mulher bem-sucedida no mundo, cujas realizações "até hoje", como o senhor diz, sejam de fato excepcionais e merecedoras de importantes prêmios, será também inteligente o bastante para não ser enganada pela sua carta. E, no entanto, a sua lista deve ser constituída de mulheres que alcançaram objetivos importantes na vida, uma vez que uma mulher que nada fez certamente não se acreditaria merecedora de um prêmio de Mulher do Ano.

Será possível, então, que sua pesquisa resulte numa lista de mulheres que fizeram o suficiente para se acreditarem merecedoras de um prêmio de Mulher do Ano mas que ao mesmo tempo não são inteligentes o bastante, ou experientes o bastante, para perceber que os senhores veem isso apenas como negócio e não como uma "homenagem"? Ou serão mulheres que fizeram algo que acreditam merecedor de homenagem e são também inteligentes para saber, no seu íntimo, que os senhores pensam apenas no dinheiro, mas mesmo assim estão dispostas a abrir mão de $195 ou $295 para receber esse decreto, simples ou plastificado, talvez até sem sequer admitir que ele nada significa?

    Se sua pesquisa me identificou como membro de um dos dois grupos de mulheres — aquelas facilmente enganadas com peças de comunicação de organizações como a sua ou aquelas predispostas ao autoengano, o que me parece ainda pior —, então sinto muito e me pergunto o que isso indica a meu respeito. Por outro lado, como acho realmente que não pertenço a nenhum dos dois grupos, talvez isso seja uma prova adicional de que sua pesquisa não foi bem-feita e que o senhor errou em me incluir, ou como Lydia Davis ou como Lydia Danj, na sua lista. Fico, pois, no aguardo de sua opinião a esse respeito.

    Atenciosamente.

Lúcia Trindade estará na cidade

Lúcia Trindade estará na cidade. Ela estará na cidade para vender suas coisas. Lúcia Trindade vai se mudar para muito longe. Ela gostaria de vender seu colchão de casal.

Queremos seu colchão de casal? Queremos seu pufe? Queremos seus acessórios de banho?

Está na hora de dizermos adeus a Lúcia Trindade.

Foi boa sua amizade. Foram boas suas aulas de tênis.

Ph.D.

Estes anos todos pensei ter um Ph.D.
Mas eu não tenho um Ph.D.

Notas e agradecimentos

Os contos desta coleção apareceram pela primeira vez nas seguintes publicações, às vezes em formatos ligeiramente distintos:

32 *Poems*: "Homens"
Bodega: "Ideia para uma placa"
Bomb: "Mulher, 30 anos"
Cambridge Literary Review: "Revisar: 1", "Revisar: 2"
Conjunctions: "História reversível"
dOCUMENTA (13) Notebooks series: "Dois ex-alunos"
Electric Literature: "As vacas"
Fence: "No banco", "No banco: 2", "O pátio da igreja", "A caça-níqueis da Cidade do Ouro", "Na estação de trem", "A lua"
Five Dials (Reino Unido): "Anotações durante uma longa conversa telefônica com minha mãe", "No trem", "A história dos salames roubados", "Uma história contada por uma amiga", "Lúcia Trindade estará na cidade"
Five Points: "Um bilhete do entregador de jornal", "O aniversário dela"
Gerry Mulligan: "Guarda-volumes"
gesture zine: "O problema do aspirador de pó", "O velho aspirador de pó fica morrendo o tempo todo"
Granta: "As terríveis mucamas"
Harlequin: "Obrigada errado no teatro"
Harper's: "Como leio o mais rápido possível os números atrasados do suplemento literário do *Times*", "Os dois Davis e o tapete"

Hodos: "Velha com peixe velho"
Little Star: "Händel", "Observação sobre a limpeza da casa", "Julgamento", "Sentada com minha amiguinha", "O céu sobre Los Angeles"
Mississippi Review: "Historinha sobre uma caixinha de chocolates", "A geografia dela: Alabama", "Sua geografia: Illinois", "Estou bem, mas poderia estar um pouquinho melhor", "As lavadeiras"
MLS: "Contingência (vs. necessidade) 2: de férias", "Olá, querido", "Pergunto a Mary sobre seu amigo, o depressivo, e as férias dele", "Carta ao presidente do Instituto Biográfico Americano Ltda.", "Molly, gata: histórico, resultados"
New American Writing: "O velho soldado", "Hospedado na casa do farmacêutico", "Flaubert e o ponto de vista"
NOON: "Bloomington", "O mingau", "Jantar", "O pelo do cachorro", "Como sei do que gosto (seis versões)", "A linguagem da companhia telefônica", "Aprendendo história medieval", "Mestre", "Meus passos", "Sem interesse", "A festa", "Ph.D.", "A canção", "Coitado do cachorro deles", "Escrever"
Pear Noir!: "O mau romance", "Esperando a decolagem", "A mulher ao meu lado no avião"
PEN America: "O pouso"
Plume: "Breve incidente com oclusiva velar, fricativa velar e bilabial", "Contingência (vs. necessidade)", "A criação do meu amigo", "Ödön von Horváth caminhando"
Salt Hill: "História circular", "Tarefa nível dois", "Conversa breve (no saguão do aeroporto)"
Satori: "Forças subliminares"
Sous Rature: "As buscadoras de marido", "O sol baixo", "Dois rapazes de Sligo"
Story Quarterly: "A mulher de vermelho"
The Coffin Factory: "Emoções negativas", "O galo"
The Iowa Review: "A menina", "O cachorro", "A avó"
The Literary Review: "Carta a um fabricante de ervilhas congeladas", "Carta a um gerente de hotel", "Carta a uma fábrica de balas de menta"
The Los Angeles Review: "A frase e o jovem"
The New York Times: "As focas" (título original: "Estão todos convidados")
The Paris Review: "A lição da cozinheira", "Depois que você partiu", "Consulta ao dentista", "A mulher de Pouchet", "O enterro", "O cocheiro e a lombriga", "A execução", "Os bancos da igreja", "A exposição", "Meu amigo da escola", "Obituários locais", "A língua falada pelos objetos da casa", "Se no casamento (no Jardim Zoológico)", "Resultados de um estudo estatístico", "Meu amigo de infância"

The Threepenny Review: "Carta à Fundação"
The World: "Minha irmã e a rainha da Inglaterra"
Tim: "Dois personagens num parágrafo", "Dois agentes funerários"
Tin House: "Comendo peixe sozinha", "Na galeria", "O piano", "A aula de piano", "Os alunos no prédio grande", "Nadando no Egito"
Tolling Elves: "Compras em família"
Upstreet: "Situação delicada"
Wave Composition: "Indústria"
Western Humanities Review: "Acordada à noite", "O guarda-costas", "Nem vem", "O último dos moicanos"

"Se no casamento (no Jardim Zoológico)" é dedicado a Joanna Sondheim e Eugene Lim.

"Historinha sobre uma caixinha de chocolates" é dedicado a Rainer Goetz.

"O pouso" foi publicado também no *Daily Telegraph* (Reino Unido).

"As focas" foi publicado, numa versão mais longa, na *Paris Review*.

"As vacas" também foi publicado como um panfleto pela Sarabande Press (2011), com fotografias de Theo Cote, Stephen Davis e Lydia Davis.

"Comendo peixe sozinha" foi também publicado pela Madras Press (2013) como um panfleto da série "Stuffed Animals", juntamente com "Country Cooking from Central France", de Harry Mathews.

Os seguintes contos "sonho" também foram publicados em *Proust, Blanchot e a mulher de vermelho* (Cahier #5, Paris: Sylph Editions): "O pátio da igreja", "O cachorro", "A avó", "Na galeria", "Na estação de trem", "A lua", "O piano", "A aula de piano", "Os alunos no prédio grande", "Nadando no Egito", "A mulher de vermelho".

Os seguintes contos também foram publicados na seção "Readings" do *Harper's Magazine*: "O mingau", "Jantar", "O pelo do cachorro", "A linguagem da companhia telefônica", "A canção", "A festa", "Sem interesse".

Os seguintes contos "a partir de Flaubert" também apareceram na seção "Readings" do *Harper's Magazine*: "A mulher de Pouchet", "Os bancos da igreja", "O cocheiro e a lombriga", "Consulta ao dentista", "A lição da cozinheira".

Os seguintes contos foram republicados em antologias:
"Homens" em *The Best American Poetry 2008* (ed. Wright) e *Old Flame: From the First 10 Years of 32 Poems Magazine*.
"Breve incidente com oclusiva velar, fricativa velar e bilabial" e "Ödön von Horváth caminhando" em *Plume Anthology*.
"Minha irmã e a rainha da Inglaterra" em *The Gertrude Stein Anthology*.
"Comendo peixe sozinha" em *Food and Booze: A Tin House Literary Feast*.

Nota sobre contos "sonhos": Alguns contos a que chamo "sonhos" foram escritos a partir dos meus sonhos noturnos, de experiências oníricas durante a vigília; de sonhos e experiências de amigos e família; e de cartas de amigos e família. Gostaria de agradecer a todos que me deixaram usar seus sonhos ou sua vigília:

John Arlidge por "Nadando no Egito"; Christine Berl por "A aula de piano"; Rachel Careau por "Na galeria"; Tom e Nancy Clement, e a avó de Nancy, Ernestine, por "A avó"; Claudia Flanders por "O piano"; Rachel Hadas por "No banco" e "No banco: 2"; Paula Heisen por "O céu sobre Los Angeles"; e Edie Jarolim por "Ph.D." (que começa como "sonho" e depois fica mais curto). Os outros são meus.

Nota sobre "histórias a partir de Flaubert" e "diatribe a partir de Flaubert": As treze "histórias a partir de Flaubert" e a única "diatribe a partir de Flaubert" foram escritas a partir de material encontrado em cartas escritas por Gustave Flaubert, a maioria delas para sua amiga e amante Louise Colet, durante o período em que escrevia *Madame Bovary*. Esse material, contido em *Correspondances Volume II* (ed. Jean Bruneau, Editions Gallimard, 1980) e datado de 1853-54, foi escolhido, traduzido do francês e ligeiramente reescrito. Meu objetivo era alterar o menos possível a linguagem e o conteúdo do material original de Flaubert, moldando o trecho o suficiente apenas para criar um conto equilibrado, embora tenha tomado liberdades quando necessário (num caso, por exemplo, combinando material de duas cartas para que duas histórias relacionadas se transformassem em uma; noutro caso, acrescentando fatos reais ao conto para dar mais contexto a um personagem).

ESTA OBRA FOI COMPOSTA PELO GRUPO DE CRIAÇÃO EM ELECTRA E
IMPRESSA PELA GRÁFICA BARTIRA EM OFSETE SOBRE PAPEL PÓLEN SOFT
DA SUZANO PAPEL E CELULOSE PARA A EDITORA SCHWARCZ
EM AGOSTO DE 2017

A marca FSC® é a garantia de que a madeira utilizada na fabricação do papel deste livro provém de florestas que foram gerenciadas de maneira ambientalmente correta, socialmente justa e economicamente viável, além de outras fontes de origem controlada.